AF471973

1ª edizione, Febbraio 2008

© copyright 2008 by Luigi Agostini

Edizioni lulu.com

ISBN 978-1-8479958-9-6

Luigi Agostini

Uno più uno non ha mai fatto due

Cara coscienza sconosciuta che stai leggendo queste mie parole, spero proprio che tu non abbia ancora acquistato questo libro. Se come spero stai sbirciandone il contenuto, cercando di capire dove voglio andare a parare, forse siamo ancora in tempo. Rispondi per favore a questa domanda, apparentemente semplice (anche mentalmente, va bene lo stesso), per te, quanto fa uno più uno?

...

Se hai risposto, senza neanche pensarci su... Due; se non hai alcun dubbio in proposito; se il fatto stesso che qualcuno possa iniziare un libro in questo modo ti irrita; se stai pensando "questo è tutto scemo", allora puoi tranquillamente chiudere il libro e non pensarci più.

Se stai ancora leggendo, per un qualsiasi motivo, del tipo che: sei una coscienza curiosa; hai dei dubbi sul risultato dell'addizione; l'inizio del libro non ti disturba; stai pensando"questo è tutto scemo, ma forse mi faccio due risate"; allora sei una coscienza anacronistica. Oggigiorno quasi tutte le altre coscienze, in questo ventesimo secolo, si prendono troppo sul serio, sono stressate, schiave della religione del denaro, del miraggio del successo, non hanno dubbi o ripensamenti; sono schiave delle mode, dell'informazione globale o di partito e del concetto alienante e razzista che va sotto il nome di "bisogno di normalità". Non ho ancora capito chi è stato a stabilire cosa è "normale" e cosa non lo è, e con quale diritto... Ma non voglio divagare troppo, ci stavamo chiedendo quanto "fa" veramente uno più uno. Sì, ho usato il plurale perchè, anche se me lo sono già domandato più volte, ripensarci su un'altra volta non potrà certamente farmi del male... Ragioniamo insieme.

Uno più uno.

Uno.

Un. Un cosa? Se prendiamo in esame il concetto matematico di singola unità come valore assoluto, astratto, perfetto, libero da qualsiasi impurità o difetto, allora sono d'accordo con chi ha chiuso il libro, uno più uno fa due. Ma questo è un caso limite, una fantasia, un'utopia bella e buona... (mmmm, sta cominciando a diventarmi simpatica la matematica). Nella realtà, nella pratica, posso accettare l'esistenza di un oggetto o di un essere senziente, ma non due incarnazioni identiche dello stesso. Ogni oggetto, o soggetto, è unico nel suo genere, nello spazio e nel tempo che occupa, nel suo significato intrinseco e con le sensazioni particolari che soltanto lui può darmi. Non può esistere l'oggetto esattamente Due di un'entità che sia Uno. Due, in pratica, è soltanto un altro Uno. Simile. Somigliante. Apparentemente identico, ma diverso. Al limite posso concepire che Uno possa essere identificato osservandolo da infiniti punti di vista diversi e da diversi (infiniti) altri Uno, e che, di conseguenza, possa assumere infinite identità. Ma saranno sempre identità diverse, nella nostra realtà. (Dovremmo, a rigor di logica, chiederci anche che cos'è la realtà e, se mai riuscissimo a risponderci, cosa è reale e cosa non lo è, e perché, ma non vorrei ingarbugliare troppo una matassa già difficile da districare come quella rappresentata dal risultato dell'operazione uno più uno).

E sì, cara la mia coscienza lettrice, uno più uno, in realtà, non può fare due. Io direi che sommare un uno con un altro uno al massimo, semplificando ed approssimando, potrebbe generarne un secondo... ma un secondo cosa? E semmai, secondo chi? (il gioco di parole sul significato di secondo, lo so, potevo anche risparmiarmelo, ma "posso resistere a tutto tranne che alla tentazione di dire una cretinata" parafrasando Oscar Wilde). Quanto è lecito l'accostamento di un oggetto con un altro ed il loro raggruppamento in una categoria? Chi l'ha detto che posso permettermi di considerare le due entità come "uguali"? Chi stabilisce il grado d'approssimazione sufficiente, nella comparazione tra le varie caratteristiche comuni, al di sotto del quale due oggetti possono ragionevolmente essere definiti "uguali"? E se questo qualcuno si sbagliasse? E se quella piccola differenza apparentemente trascurabile fosse in realtà il ricettacolo dell'individualità dell'oggetto, il cromosoma Y del caso?

Ma voglio prestarmi anch'io, soltanto per un momento, al gioco del "ammettiamo per assurdo che". Proviamo a considerare un Uno ed un altro Uno come due "Uni" ;-) Sono due, ma dove e quando? Dappertutto e adesso? Se adesso lo sono, per quanto lo saranno ancora? Non dovrebbe intervenire nessun agente, esterno alla coppia d'oggetti, per un tempo infinito perché, realisticamente, i due oggetti rimangano effettivamente identici. Nessuna corrosione, alterazione chimica superficiale o degenerazione per usura ed attrito. E se un filo di vento sposta leggermente il nostro "secondo" oggetto? Ahi, ahi, ahi, il nostro cervello non può fare a meno di notare che "secondo" si è mosso, e questa sua nuova caratteristica, la diversa posizione, lo fa distinguere da Uno. Certo, sono ancora i nostri due oggetti di prima del soffio di vento, ma Uno è sempre nella posizione originale e l'altro (due? od un altro uno?) è in una nuova posizione ed una delle sue caratteristiche fondamentali, ai fini della sua identificazione da parte del nostro cervello, con il tempo si è modificata...

Lasciamo perdere la spazio-temporalità della condizione individuale, e proviamo adesso a considerare anche il segno +

tra le due entità che vorremmo addizionare. Quanti significati può assumere, cara coscienza sconosciuta, il verbo Aggiungere... praticamente infiniti. Tutto dipende dalle caratteristiche fondamentali delle due entità. Cominciamo con un facile esempio: un individuo + un altro individuo. Risultato: approssimando al massimo, due individui. Diversi, distinti e cangianti, come piace a me, considerabili come un duo soltanto in virtù della loro appartenenza al genere umano (anche se a volte mi chiedo se facciamo bene a considerare umani gli assassini per convenienza, i violenti e... gli autori che lavorano per le televisioni italiane). Ma così consideriamo soltanto la loro quantità, astraendoli dal contesto in cui potrebbe avvenire "l'addizione". Se i due individui sono di sesso opposto e stanno "copulando", nel momento esatto di un fortunato orgasmo simultaneo il risultato dell'addizione potrebbe essere tre, quattro o più individui, se consideriamo l'ovulo fecondato come uno o più individui in stato embrionale... Mi piace scherzare come avrai capito, cara coscienza che stai leggendo (bontà tua) queste parole, comunque prova a pensare a cosa succede quando addizioniamo due elementi chimici: il risultato questa volta è addirittura uno, cioè un terzo elemento chimico.

Non ci siamo... così non va.

Praticamente tutta la scienza umana che faccia uso della matematica di base, secondo me, si basa su un presupposto errato, o per lo meno approssimativo, speculativo, irreale... Adesso non pretendo che buttiamo all'aria secoli di speculazioni, calcoli abbastanza esatti ed il computer con cui sto scrivendo, vorrei soltanto che tutti gli scienziati di questo mondo la smettessero di considerare ogni artista come un folle a piede libero e cominciassero a sviluppare un poco d'umiltà e disincanto verso la presunta infallibilità del loro operato, favoletta che li anima ed esalta, quasi tutti, da tempo immemore.

Anche se devo ammettere, per controbilanciare la

gravità della mia nuova consapevolezza acquisita, che la mia considerazione mi fa ricordare un personaggio interpretato meravigliosamente da Giovanni, del trio d'attori Aldo, Giovanni e Giacomo, qualche anno fa. Se ben ricordo era un sardo molto pignolo che millantava la conoscenza di termini univoci per oggetti abitualmente considerati "uguali". Urzupittigattarrau, sciarratteddu, fitziccarranne...

Due persone. Due individui. Due coscienze. Mmmm, sì, queste definizioni mi suonano bene. In fin dei conti non implicano nessuna determinazione precisa, sono abbastanza vaghe ed "indefinite" ;-). Al massimo, cercando d'essere pignolo come il sardo citato in precedenza, indicano l'appartenenza dei due "elementi" al genere umano, categoria per la quale andrebbero rivisti i limiti per la definizione dell'appartenenza, come abbiamo detto, viste e considerate le efferatezze di cui si pasce "l'industria" dell'informazione con la sua "cronaca nera". Tirrem Innanz, come scrive il grande Max Bunker al secolo Luciano Secchi. Due italiani. Ahi, ahi, ahi, mi dà da pensare... Che cosa dovrebbe significare? Due individui sono entrambi registrati all'anagrafe come cittadini italiani. E allora? A parte il fatto innegabile che potrebbe sempre esserci un errore, quale criterio di giudizio è stato utilizzato per accomunare due individui distinti con questa definizione? Sono nati entrambi in Italia, dici. Ah, brava, e se uno dei due (due?) è figlio di tedeschi temporaneamente in Italia, ed all'età di 7 od 8 mesi si trasferisce in Finlandia con i genitori e loro non avvisano nessuno? Metti per assurdo (se per assurdo uno più uno fa due, possiamo ammettere anche questo, no?) che io ed un altro individuo siamo nati entrambi a Livorno, lo stesso giorno, ed abitiamo allo stesso numero civico ed allo stesso piano dello stesso palazzo, come la mettiamo, dirai tu mia cara coscienza che stai leggendo queste mie parole, non si può certo confutare il fatto che io e l'altro siamo due livornesi. Invece a me, anche questa definizione, come qualsiasi altra, mi sta stretta... scomoda... forse anche inaccettabile. Cosa s'intende, cosa significa "essere livornesi"? Per esempio, io sono livornese, da parte di madre come di padre, amo la mia città, non posso starne lontano ed ho sempre vissuto nella comunità labronica, viaggi esclusi, senza sentire il bisogno di trasferirmi in qualsiasi altro posto. E, fortunatamente, ho avuto anche la possibilità di "toccare con mano" altre realtà in città come Los Angeles, San Francisco, New York, Miami, Londra, Monaco, Francoforte, Budapest e molte altre ancora. Ma per me, "essere livornese" non ha lo stesso significato espresso ed acclamato da altri miei concittadini, per esempio, in uno dei film più famosi dedicato alla mia città, cioè "Ovosodo" di Paolo Virzì. Pur rispettando ed ammirando le capacità del mio illustre concittadino, il suo film non posso addirittura guardarlo, infatti la prima volta che l'ho visto me ne sono andato dopo i primi venti minuti... - Posso accettare una storia un pò "romanzata" per esigenze spettacolari, ma per un coetaneo di Piero e Tommaso, due personaggi importanti nell'economia della favola raccontata, come io sono, il film può risultare addirittura offensivo. E sicuramente avrà un significato diverso per il mio gemello... Ma non vorrei divagare troppo, stavamo parlando d'altro...

Per chiuderla qui, lo stereotipo diffuso del livornese standard prevede un'idea politica predeterminata tradizionalmente, un accento e dei modi estroversi e rumorosi, ed una passione quasi viscerale per il calcio in tutte le sue manifestazioni. Io sto ancora cercando di capire quali sono le radici e le possibili evoluzioni del mio pensiero politico (chissà magari ci riuscirò scrivendo questo libro, sicuramente al momento attuale non mi sento rappresentato da nessuno dei politici disponibili in Italia), sono abbastanza introverso, riservato, mi piacciono le persone che se non hanno niente d'intelligente da dire preferiscono tacere (come consigliava Wittgenstein), l'educazione, il rispetto degli altri e per me il calcio è soltanto uno sport come un altro. Eppure mi sento livornese al cento per cento e non accetto che nessuno mi dica il contrario perchè non sono uniformato con il suo standard.

Ricapitolando, capisco perfettamente l'utilità dei numeri, delle categorie, delle specie, delle nazioni, quello che non approvo è il significato corrente attribuito a queste parole. Perché soltanto di parole si tratta, mezzi da utilizzare per comunicare tra individui e semplificare la comprensione di universi altrimenti distanti ed insondabili. Semplificare è importante, ma non sufficiente. Giudicare un individuo basandosi soltanto su indicazioni di massima come il sesso, la razza, la nazionalità o l'idea politica è assurdo e limitante, quasi offensivo per l'individuo stesso. Invece oggigiorno, almeno in Italia, si usa "etichettare" le persone basandosi soltanto sulle apparenze, o peggio ancora, sulla loro "immagine"... (sic) Scusami cara coscienza sconosciuta, mi suonano alla porta.

«Tò, chi un more si rivede, vienivieni ragionavo co'n'a 'oscienza periscritto, caschi proprio a fagiolo". Scusa il vernacolo livornese, è un vecchio amico che mi vuol convincere a tutti i costi che ha ragione lui... «Insomma, caro Platone, la tua famosa ontologia non mi convince tanto, sai? Perdona l'ignoranza ma nel mio "mondo delle idee" non ho soltanto l'immagine astratta di un cavallo. L'occasionale visione di un quadrupede equino evoca dai recessi della mia memoria molte immagini astratte, non soltanto una. Unicorni, Centauri, Equinocefali, Cignovalli. Come dici mia cara coscienza sconosciuta che stai leggendo queste parole? Non hai mai visto un Cignovallo? Eppure la mia fantasia l'ha creato pochi istanti fa, ed ora che ti ho spiegato che consiste in un cavallo con la testa ed il collo di cigno, esiste anche nel tuo "mondo delle idee"... e potrebbe anche arrivare un giorno a far parte dell'inconscio collettivo, se questo libro avrà fortuna. «Ma veniamo ar dunque, oooh Platone. A quale 'ategoria appartiene ir mi' Cignovallo? Non esiste in reartà (che

io sappia), non è un animale ner senso 'omune der termine e non è un mito, dato che 'un s'è mai visto nè sentito di' in nessuna mitologia crassi'a o d'artro tipo. Allora?" ;-) Ecco, lo sapevo, quando lo contraddici s'inalbera e se ne va... Scusa la melodrammaticità da quattro soldi, cara coscienza lettrice, quella che voglio trasmetterti con questi miei deliri è la sensazione "claustrofobica" di disagio da me provata ogni volta che vedo o sento usare una catalogazione in modo indiscriminato. Le "categorie", con buona pace del grande Aristotele, dovrebbero esser considerate per quello che sono, cioè una semplificazione dialettica ad uso e consumo dei nostri tempi iper-accellerati e fagocitanti. Un imprecisione, un male necessario per una corretta comprensione in comunicazione, ma irrilevante nella realtà! La realtà è fatta di individui, di singole entità uniche ed irripetibili, anche se sono parte dell'unico Dio che sta in cielo, in terra, in ogni luogo ma soprattutto dentro ogni essere vivente... ma non voglio parlare adesso del mio panteismo vagamente alla Spinoza con una "spruzzatina" di Buhddismo pseudo-scientifico (reincarnazione parziale ed incosciente attraverso l'ereditarietà propria del genoma umano). Parliamo pure di cavalli, livornesi ed italiani, tanto per capirci, appunto, ma non dimentichiamo mai i diritti e l'importanza dei singoli individui. Che sono naturalmente gli stessi diritti e doveri di qualunque altro individuo sulla faccia della terra, sopravvalutato calciatore di serie A od eroico disoccupato (che vorrebbe lavorare) che sia. Dobbiamo recuperare e rivalutare antiche "unità di misura" che permettano di considerare le qualità di un individuo dal punto di vista etico piuttosto che "economico"... Educazione civica, livello culturale, onestà, senso dell'onore. Ti ricordano qualcosa queste parole?

Cara coscienza sconosciuta che stai leggendo queste mie parole, se a questo punto ti suonano retoriche e noiose, vuol dire che anche tu sei stata plagiata dalle mistificazioni degli uomini politici e dei "padroni" dell'informazione pubblica che dagli anni sessanta ad oggi hanno costruito un immagine negativa per tutto quello che poteva minare la base del loro potere. Con pazienza certosina, giorno dopo giorno, hanno cercato d'inculcare nelle nostre menti la religione del consumo senza necessità e della prevalenza degli istinti sulla ragione ed il sentimento. Come schiacciasassi. Livellando, massificando. Denigrando, deridendo e soprattutto, mentendo. E qui può aiutarmi il mitico Karl R. Popper, altro grande filosofo che ammiro, che nel suo [1]"La società aperta ed i suoi nemici" deve ricorrere all'uso dell'Oxford Dictionary per esprimersi in modo chiaro ed inequivocabile. Infatti, per gran parte dei nostri simili, il termine "Individualismo" si contrappone soltanto ad "Altruismo". Così è, ad esempio, in Italia, dove il termine quasi sempre viene considerato un sinonimo di "Egoismo". Che stress gli italiani adulti che dividono il loro prossimo in buoni e cattivi, rossi e neri, destra e sinistra. Il povero Karl spiega, al contrario, che nel Dizionario citato in precedenza il termine viene contrapposto anche a "Collettivismo" e che lui intende usare il vocabolo esclusivamente in quest'accezione del termine. Sono perfettamente d'accordo con lui, almeno su questo punto. Un individualista può essere un altruista senza che questo rappresenti un problema, e viceversa un egoista può anche far finta d'agire per la collettività ma in realtà "tirare l'acqua al suo mulino". Quest'ultima ipotesi, tra l'altro, non ti ricorda qualche politico italiano che si è fatto eleggere in passato per rappresentare gli interessi della classe operaia, mia cara coscienza sconosciuta che stai leggendo queste mie parole? L'onestà e l'altruismo non devono essere confusi con la politica, sono delle virtù che qualsiasi individuo può e dovrebbe coltivare, anzi, dovrebbero essere le condizioni necessarie e sufficienti che permettano all'individuo l'esercizio di qualsiasi politica. Popper prosegue affermando che l'individualismo, se unito all'altruismo, è "diventato la base della nostra civiltà occidentale". Io umilmente mi permetto di correggerlo sostituendo "è diventato" con "dovrebbe essere". Ma non lo è. Secondo me perché nessuno vuole ammettere l'evidenza. Ogni popolo ha i governanti che si merita.

[1]Karl R. Popper - La società aperta ed i suoi nemici, Roma, Armando, nuova edizione 1996.

Se non cominciamo a riqualificare e far evolvere ogni individuo senza nessun tipo di distinzione, garantendo a tutti gli stessi diritti e gli stessi doveri, avremo sempre una società in costante involuzione. Secondo me, la politica e l'economia dovrebbero essere subordinate e dedicate allo sviluppo educativo, sociale ed intellettuale dell'individuo. Di tutti gli individui, non catalogabili e ben distinti, accomunati soltanto dalla presunta ma innegabile appartenenza al genere umano. Soltanto in questo modo politica ed economia potrebbero essere portatrici di benessere e stabilità per la comunità mondiale. Se ogni singolo individuo fosse in pace con se stesso, intellettualmente capace di valutare l'importanza degli avvenimenti e delle cose, libero di scegliere la sua occupazione nella vita e di stabilire i propri ritmi di successione tra riposo, lavoro e studio, non accetterebbe mai nessun tipo d'istituzione non "licenziabile" se non efficace, tanto per parafrasare ancora Karl Popper. Il "politichese", l'informazione pilotata, i falsi insegnanti, i truffatori, gli amministratori disonesti ed i ciarlatani, non potrebbero prosperare in una società composta da individui evoluti e consapevoli. Ogni azione criminosa sarebbe inefficace e produrrebbe soltanto ilarità e divertimento. Ogni tentativo d'inganno sarebbe immediatamente punito dalla legge o reso inoffensivo dalla libera scelta di qualità. La meritocrazia avrebbe nuovamente la meglio ed i servizi, senza parlare di perfezione che non ha senso, sarebbero comunque di alta qualità, dovendo soddisfare individui intelligenti perciò ragionevolmente esigenti.

E non venirmi a dire, cara coscienza sconosciuta che stai leggendo queste mie parole, che sto descrivendo una società utopica. Non sopporto le utopie, sono solo tirannie mascherate con il "buonismo". In una ipotetica società culturalmente, emotivamente e moralmente evoluta esisterebbero ancora i disonesti, gli assassini, gli egoisti e gli "approfittatori". Ma la differenza sostanziale consisterebbe nella loro posizione nella società, che non sarebbe quella di potere assoluto che ricoprono attualmente nella nostra realtà. Il male, come il bene, alberga in tutti noi. Predisposizione genetica a parte, ci sono molti fattori negativi esterni all'individuo (fattori che il nostro ordinamento sociale fa prosperare) che "generano" ed istigano il comportamento criminale. La negazione dei diritti dell'individuo, la parzialità nell'applicazione della giustizia, l'eccessivo divario economico tra ceti sociali o culture diverse, la mancanza di valori e l'insufficiente scolarizzazione, questi sono solo alcuni dei principali agenti scatenanti. Il pericolo insito in queste mie affermazioni, ne sono consapevole, è che qualcuno cerchi di travisarle tacciandole di razzismo. Quelli che si sentono intelligenti che discriminano i meno intelligenti (od addirittura diversamente abili) considerandoli dannosi per la società, una sorta di neonazismo culturale, insomma. Per questo motivo preciso subito che l'individuo intelligente di cui parlo non potrebbe mai cadere in questo tranello. La sua formazione sarebbe molto diversa da quella corrispondente al significato attuale del termine, perché un individuo "completo" ed evoluto sarebbe stato istruito a dovere anche a livello umanistico e quindi conoscerebbe perfettamente il significato delle parole "umiltà" e "rispetto". Avrebbe poi ben chiaro il concetto di "valore" e la sua estrema relatività. Esaminando nella fattispecie il concetto di "valore" dell'individuo, questo sarebbe determinato soprattutto da qualità personali, peculiari ma importanti per alcuni, non di certo per tutti. Se la società fosse formata in gran parte da individualisti evoluti simili a quelli di cui "favoleggio", fenomeni di massa come il tifo violento, l'idolatria, il fondamentalismo religioso, il divismo ed il qualunquismo, sarebbero destinati, se non a scomparire, perlomeno a subire un drastico ed inevitabile ridimensionamento.

Io stesso, cara coscienza lettrice, mi considero profondamente ignorante da punto di vista culturale e carente dal punto di vista umanitario. Infatti non ho mai smesso di studiare, leggere, informarmi e spero di poter continuare a farlo fin quando Dio me lo permetterà. Cerco sempre d'essere onesto ed altruista, anche se l'organizzazione attuale della nostra civiltà non me lo permette come vorrei. E cerco di aiutare il mio prossimo anche riempiendo pagine bianche con i miei pensieri... Ho scelto la famiglia tradizionale come forma di realizzazione della mia esistenza, restando comunque rispettoso e consapevole delle altre forme d'impostazione della propria vita e della propria sessualità che accetto come altrettanto valide per altri individui, ovviamente diversi da me. Ho sperimentato in prima persona come un individuo più un altro possa fare, a dispetto della matematica, quattro individui. Per comodità dialettica definisco mia moglie, mia figlia e mio figlio "la mia famiglia", ma cerco di adattare il concetto liberamente giorno per giorno, definendolo insieme alle altre tre individualità che mi fanno il dono di starmi vicino e volermi bene. Sono stato molto fortunato finora, l'equilibrio che permette a quattro individui una convivenza serena e reciprocamente proficua e soddisfacente è qualcosa veramente difficile da ottenere e mantenere nel tempo. Speriamo che duri... Io consiglio vivamente l'esperienza familiare a tutte le coppie che pensano di avere i requisiti giusti per farsi carico di una così gravosa responsabilità. Con un poco di fortuna potreste essere ampiamente ripagati dalla vostra scelta. L'importante è che sia una vostra decisione, libera ed incondizionata. Non permettete a nessuno di strumentalizzare la vostra scelta, cara coscienza lettrice, la famiglia può essere comunista, liberale, cristiana, atea, l'importante è che abbia dei valori rispettosi della condizione e dei diritti dell'individuo ed un impostazione politica interna "grosso modo democratica".

Stefano chiuse il libro, lo posò sul sedile accanto e si stiracchiò le gambe e la schiena sbadigliando. L'autobus era praticamente vuoto, c'era soltanto un pendolare che aveva visto altre volte, sedeva sempre nei posti vicini all'uscita anteriore e leggeva sempre il giornale senza considerare nessuno. Chissà chi aveva lasciato sul quattro quello strano libro, di solito trovava le vetture che ancora sapevano di disinfettante visto che la sua corsa era la prima del mattino. Si alzò, mise in spalla lo zaino e si avvicinò all'uscita centrale. Il suono del campanello per la prenotazione della fermata cancellò in un istante la sensazione inquietante che la lettura del libro gli aveva lasciato, riportando alla realtà la sua 'cara coscienza lettrice'.

Il Professore

Quel pomeriggio Stefano era molto stanco ma soddisfatto, aveva superato brillantemente due interrogazioni che stava rimandando da un bel pò di tempo, era Venerdì e per il fine settimana aveva in programma una visita al 'Leonardo da Vinci' a Milano con i suoi amici. Saro e Maria, gli unici due amici che aveva. D'altra parte, con il carattere che si ritrovava ed il tipo di interessi che coltivava, non era facile per lui trovare dei coetanei interessati alla filosofia ed alla storia dell'arte. Lui non si considerava un tipo particolare e non capiva perché familiari ed amici continuavano a definirlo strano. Vestiva sempre in modo casual, senza dar troppa importanza alla moda ed alle *griffe*, ed il suo aspetto fisico non aveva niente di originale: occhi marroni, capelli castani, lineamenti regolari. Era estroverso ma senza eccessi, forse più intelligente della media, ma si sforzava di non darlo a vedere. Salì sull'autobus svogliatamente, non lo sopportava quando era sovraffollato, ma stranamente trovò un posto libero 'in fondo'. Quando vide l'uomo che sedeva nel posto accanto a quello libero, capì perché nessuno voleva sedersi lì. Era un signore di mezza età con lo sguardo intenso ed i lineamenti marcati, ma non era certo il suo aspetto fisico a far desistere gli altri passeggeri dal fare il viaggio accanto a lui, bensì il suo abbigliamento. Indossava uno splendido abito nero che, come Stefano avrebbe scoperto in seguito, era un Borsalino, come il cappello a tesa corta che teneva leggermente inclinato verso la sua destra. Sulle spalle aveva un mantello, nero come l'abito, e teneva le mani appoggiate sul pomo di un bastone da passeggio davanti alle sue gambe. Camicia e cravatta erano color rosso sangue, ed anche se Stefano non poteva vederle, era sicuro che le calze sarebbero state dello stesso colore. Un perfetto dandy dei primi del novecento, insomma. L'unico segno particolare che lo riportava prepotentemente agli anni settanta del ventesimo secolo erano i capelli portati abbastanza lunghi sulla nuca e due basettoni sale e pepe come la capigliatura. Un pò per la stanchezza, un pò perché era abituato a non giudicare le persone dal loro aspetto esteriore, Stefano non si fece impressionare e chiese allo pseudo-dandy:

«...è libero quel posto?»

L'uomo sorrise serenamente e con una bella voce baritonale e decisamente maschile rispose:

«A meno che quel libro non sia dotato di un'anima e di sentimenti propri, non vedo nessun altro che stia occupando quel posto, quindi possiamo affermare che, probabilmente, è libero.»

Una signora in piedi lì vicino, che in precedenza si era chiesta se l'uomo ben vestito fosse gay od eterosessuale, sembrò sollevata ed affascinata dalla risposta ascoltata ed, involontariamente o meno, sorrise all'uomo elegante che ricambiò il sorriso accompagnandolo con l'accenno di un inchino, evocato con stile da un leggero movimento della testa. Stefano non si stupì della risposta quantomeno originale fornitagli dal dandy, perché la sua attenzione era stata catturata dal libro che prima non aveva visto appoggiato sul sedile del posto libero. Era lo stesso a cui aveva dato un'occhiata proprio quella mattina. Lo raccolse e si sedette, posizionando il suo zaino tra le gambe. Nel farlo, inevitabilmente, entrò in contatto con la spalla del suo vicino e si scusò distrattamente.

«Meno male, qualcuno conosce ancora il significato della parola 'educazione'... anche se, a regola, avrebbe dovuto almeno presentarsi. Comunque io sono il Professor Agostino De Luigi, con chi ho il piacere di conversare quest'oggi?»

Stefano rimase un momento imbambolato con il libro in mano, non si aspettava di certo una reazione del genere da parte dello strano individuo. Ma era dotato di una certa prontezza di riflessi e, come diceva sempre sua madre, la lingua non gli mancava, quindi rispose ironicamente:

«Sono lo Studente Stefano Morelli da Livorno ed il piacere è tutto mio...»

Il professore esplose in una fragorosa risata e guardò Stefano compiaciuto.

«Ma bene, ironia ed arguzia, forse non tutto è perduto ancora... complimenti a te, o Stefano da Livorno!»

«...è suo questo libro?»

«Forse sì, ma non come tu credi mio giovane amico... Io amo i miei libri e li rispetto, non potrei mai abbandonarli su di un mezzo pubblico...»

Stefano si spazientì e si voltò mettendosi a guardare fuori dal finestrino, senza replicare.

«Capisco, forse pretendo troppo... Addio mio giovane amico.»

«Buongiorno» rispose Stefano senza voltarsi. Quando lo fece vide la sagoma del professore che si avviava all'uscita centrale mentre gli altri passeggeri si spostavano un attimo prima che lui chiedesse: «Con permesso...».

Una signora anziana si sedette nel posto rimasto libero accanto a Stefano e subito lo apostrofò con un commento acido sull'accaduto, in vernacolo livornese:

«Maaamma mia dé, occhillipar d'esse a lulì... ma un dev'essemmia tanto normale, vero?»

«Non saprei signora, e non mi permetto certo di giudicare il prossimo basandomi soltanto sull'impressione ricevuta durante un breve viaggio in autobus...»

La signora lo squadrò con uno sguardo dall'alto al basso accompagnato da una smorfia di disgusto e poi rivolse il suo sguardo sdegnato ed altero avanti a lei, senza replicare...

Stefano le concesse appena un sorriso e tornò a guardare

il libro misterioso, stavolta con un occhio più attento. Si intitolava 'Uno più uno non ha mai fatto due' e l'autore si chiamava Agostino De Luigi. Girò il libro su se stesso per leggere il retro della copertina. De Luigi era un professore livornese autore di vari saggi sull'individualismo e di qualche thriller. Stefano alzò la testa e chiese alla signora anziana:

«Scusi, come aveva detto di chiamarsi il professore che era accanto a me poco fa?»

«AAAhhh io un sònnulla e un parlo più davvero!»

La signora in piedi che aveva sorriso al professore in precedenza, si sporse in avanti verso i due ed intervenì timidamente:

«Scusate, mi sembra che il signore avesse detto di chiamarsi Agostino De Luigi, se ho capito bene...»

«Pazzesco" commentò Stefano "allora il libro era suo proprio nel senso che l'aveva scritto lui...»

«Boia che acume dé... e devi esse scerlocolmesse!»

Così dicendo, la signora anziana si alzò per mettersi in piedi poco più in là, da dove continuò a lanciare 'occhiatacce' piene di sussiego e disapprovazione all'indirizzo del povero ragazzo.

Ma Stefano non la stava ascoltando, affascinato dall'esperienza strana che stava vivendo. Si stava chiedendo: "Se il libro che teneva in mano apparteneva al suo autore, perché non se lo era ripreso? ...e come mai il libro si trovava sull'autobus, come era finito lì?»

Lui saliva sempre al capolinea e non aveva visto il professore quella mattina, né alla fermata, né sulla vettura... forse era salito, aveva lasciato il suo libro sul sedile e poi era ridisceso? Ma quando? Qualcosa non tornava. Riprese la lettura della copertina sul retro. C'era una brevissima biografia dell'autore, come al solito. Finì di leggerla e si sentì sprofondare. Secondo quanto riportato dal libro, il professor De Luigi era morto suicida nel 1990. Tornò a guardare fuori dal finestrino la realtà che rincorreva il suo autobus, cercando d'aggrapparsi a qualcosa di familiare per contrastare la sensazione inquietante che gli ultimi avvenimenti vissuti gli imponevano. Si sentiva dilaniato dall'interno, come se il suo subconscio e la sua parte cosciente, lottassero per distruggere il suo equilibrio. Odiava allontanare questo tipo di riflessioni come fa la maggior parte della gente, per lui era come tradire la propria intelligenza ed ingannare la sua sensibilità.

«Biglietto, prego.»

Salvato in extremis dal controllore. Tirò fuori il suo abbonamento dalla tasca interna del giaccone e lo mostrò al signore anziano, sulla sessantina, con gli occhi porcini ed il naso aquilino, che lo ringraziò e disse: «Scusa se mi faccio i fatti tuoi, ma ti ho visto spesso su questa linea, non dovevi scendere alla fermata prima?»

Scese di corsa e percorse la strada al contrario per tornare alla sua fermata. Arrivato a casa si buttò sul letto di camera sua senza neanche togliersi il giaccone. Riprese a leggere da dove era rimasto, incurante degli strilli di sua madre che provenivano dalla cucina, dove il suo pranzo lo avrebbe aspettato fino a raffreddarsi completamente.

Non permettete a nessuno di strumentalizzare la vostra scelta, cara coscienza lettrice, la famiglia può essere comunista, liberale, cristiana, atea, l'importante è che abbia dei valori rispettosi della condizione e dei diritti dell'individuo ed un impostazione politica interna "grosso modo democratica".

"Buffo," pensò, "proprio quello che non sto facendo adesso. Rispettare i miei familiari. Forse è meglio se vado a tavola con gli altri e rimando la lettura a più tardi...".

Stefano odiava l'ipocrisia, ma disse comunque ai suoi che nel pomeriggio avrebbe dovuto studiare per prepararsi ad un interrogazione, e che probabilmente sarebbe uscito dalla sua camera soltanto per l'ora di cena. Sapeva quanto i suoi genitori considerassero importante lo studio e di conseguenza era sicuro che nessuno lo avrebbe disturbato mentre leggeva quello strano libro. Non era molto alto, come si suol dire, il numero di pagine era alla sua portata e probabilmente in serata l'avrebbe già finito. Dato che tutte le sere, dalle diciotto alla mezzanotte, poteva collegarsi in internet senza tariffa aggiuntiva, Stefano aveva già pianificato tutta una serie di ricerche che avrebbe fatto utilizzando Google, per trovare maggiori informazioni riguardanti il fantomatico professore. L'autore del libro non poteva di certo essere la stessa persona che aveva incontrato sull'autobus, Stefano non credeva possibile nessun tipo di esistenza dopo la morte. Ma allora chi era quel dandy e perché se ne andava in giro impersonando il professor De Luigi? Si sedette sulla sua poltrona da lettura, accese la piantana sulla destra ed incrociò le gambe come un fachiro, sistemando sul mobiletto a fianco un piatto pieno di 'cenci', preparati da sua madre secondo la classica ricetta livornese. Lei lo prendeva sempre in giro per la sua abitudine ad usare proprio quella poltrona per leggere, chiedendogli sorridente: «Nonno Stefano, vuoi che ti porti una coperta di lana per le gambe mentre riposi in poltrona?».

Trovò rapidamente il punto dove aveva interrotto la lettura un paio d'ore prima e lasciò, per l'ennesima volta, che un libro lo portasse oltre i Bastioni di Orione...

...l'importante è che abbia dei valori rispettosi della condizione e dei diritti dell'individuo ed un impostazione politica interna "grosso modo democratica". Anzi, se proprio devo dare un significato religioso alla mia scelta, aldilà di quanto sia appagante e soddisfacente donare la vita ad altri individui, c'è, nel creare una famiglia e mantenerla in essere, anche una vena di gratificazione egoistica, per me. Sono fermamente convinto che l'eternità, la realizzazione e forse anche la reincarnazione dell'individuo siano molto semplicemente manifeste, e scientificamente dimostrate, dalla trasmissione dell'eredità genetica ai nostri figli. In parole povere, secondo me, molto della nostra individualità sopravvive nelle generazioni future, nei nostri discendenti. Ma non solo, anche l'educazione che riusciamo ad impartire loro plasma in modo indelebile il carattere e la personalità dei futuri individui che i nostri figli decideranno d'essere. Sì, ho scritto "decideranno". Perché, secondo me, siamo chi scegliamo e cerchiamo d'essere...

La curiosità di Stefano lo spinse a scorrere velocemente le pagine seguenti, con la speranza di trovare, fra le righe, una spiegazione logica per lo strano incontro di quella mattina. Inaspettatamente, la disquisizione del professore sull'individualismo e sull'ambigua mutazione etica e religiosa che aveva subito nella sua mente si spostò su un terreno apparentemente più scientifico, cominciando a parlare d'informatica e comunicazione. In particolare il De Luigi sembrava affascinato dal fenomeno dei giochi multiplayer e dalla loro evoluzione in ciò che lui chiamava realtà sintetiche. Riportava la trascrizione di numerose discussioni avute con alcuni suoi allievi, che abitualmente frequentavano l'universo di Second Life. Una volta creato un suo avatar, dopo aver superato il disappunto che lo scarso numero di scelte a disposizione gli procurava, il professore era ‘entrato’ in quella nuova realtà virtuale. Aveva subito notato una differenza sostanziale tra il suo modo di fruire il gioco e quello istintivo dei suoi allievi. Il prof continuava a descrivere gli avvenimenti mantenendo inalterato il suo contatto con la realtà primaria, dicendo: «Sto imparando a muovere il mio avatar... il mio avatar dice, il mio avatar fa...»

Mentre i suoi allievi tranquillamente superavano, senza pensarci su neanche un attimo, la soglia dell’incredulità, e si immedesimavano con i loro avatar affermando di continuo cose del tipo: «Sto volando, correndo... acquisisco esperienza, mi teletrasporto...»

Proprio come se i loro avatar fossero delle naturali estensioni dei loro corpi all’interno di quella che per loro era, a tutti gli effetti, una realtà parallela, alternativa ma concreta. Il prof osservava come, all’interno del gioco, oggetti e situazioni virtuali assumessero un importanza economica e sentimentale per i giocatori, e come questo fatto permettesse al gioco di influenzare persone e situazioni della realtà primaria. Se un giocatore non riusciva a risolvere una situazione intricata in Second Life, restava nervoso ed inquieto anche dopo aver interrotto l’attività ludica. Se durante il gioco aveva un incontro virtuale con un altro giocatore, magari un’esperienza di chat con uno presumibilmente di sesso opposto, la relazione umana stabilita aveva delle ripercussioni sullo stato emozionale dell’individuo nella realtà primaria. I ragazzi arrivavano ad usare denaro vero per acquistare beni virtuali, cioè che avevano valore economico soltanto all’interno della realtà virtuale del gioco. Stefano si aspettava che il De Luigi vestisse i panni di un novello Savonarola scagliandosi contro la nuova tecnologia, che annullava la vera personalità dei giocatori sostituendola con un surrogato virtuale ed alienante. Ma si sbagliava. Il De Luigi era un vero liberale, amante dell’evoluzione ma nemico delle rivoluzioni. Se i ragazzi volevano vivere in una realtà sintetica erano liberi di farlo, se non provocavano danno a nessuno, direttamente od indirettamente. Il Prof, contrariamente a quanto pensava Stefano, voleva capire, imparare e magari aiutare i suoi ragazzi, non di certo condannarli se per lui stavano sprecando il loro tempo. Addirittura, si fece aiutare da un suo allievo molto portato per la programmazione, ed utilizzando un Open Source, una serie di software gratuiti forniti con una licenza particolare che incoraggiava i progetti di ricerca, cominciò a realizzare una nuova realtà sintetica che rispettasse la sua filosofia di vita.

L'improbabile duo passò diversi mesi a creare musei, teatri e scuole virtuali. De Luigi poteva contare su numerose conoscenze in ambito universitario e la raccolta dei contenuti non fu di certo un problema. Nella sua 'Italia Virtuale', come lui stesso aveva battezzato il nuovo universo sintetico, gli utenti potevano accedere liberamente ad opere multimediali come a libri digitalizzati, ed esprimere se stessi partecipando a rassegne di poesia, canto o recitazione. Gli autori potevano aprire vetrine virtuali dove vendere la propria musica, le loro opere grafiche digitalizzate od i libri da loro scritti. Dedicò molto tempo alle scelte estetiche che gli si presentarono durante la programmazione, leggendo molti libri di architettura e design e curando personalmente la scelta dei paesaggi sonori di ogni ambiente. Si accorse immediatamente come questo tipo di creazione riecheggiasse in modo preoccupante il delirio di onnipotenza di chi vorrebbe essere un 'dio'. Creare una realtà, un universo... avrebbe dovuto anche riposare il settimo giorno dall'inizio dello sviluppo?

Ma come evitare tutto ciò? Devo prevedere delle regole di convivenza e quindi limitare la libertà degli avatar che rifletteranno la volontà degli utenti nella realtà che sto creando? (Devo sforzarmi per non dire la mia realtà.) Ma così facendo creo in pratica una simulazione della realtà primaria dove le forze armate ed il servizio di polizia garantiscono l'ordine pubblico. Giusto, inevitabile, necessario, però... Secondo quali leggi? Le mie? Ecco che si ripresenta il rischio del delirio d'onnipotenza. Decisi a malincuore che avrei interpretato il ruolo di una divinità riluttante nel periodo necessario all'avviamento della realtà sintetica, per poi promuovere dei referendum tra gli iscritti non appena il numero di questi ultimi avesse superato la decina. Avrebbero dovuto esprimersi sul tipo di votazione necessario per l'elezione di un "governo" nella nuova realtà e sull'esigenza o meno di una forza di polizia con potere di "cancellazione" più o meno definitiva degli utenti fraudolenti. Decisi volutamente di trascurare il fatto che, obbligandoli alla scelta di un governo frutto di elezioni pubbliche, stavo di fatto già imponendo la mia volontà scartando a priori la possibilità che la realtà sviluppasse una forma di dittatura o di monarchia costituzionale... del resto stavo già pensando a quali valori considerare come fondamentali nella stesura delle leggi provvisorie, quindi... La situazione mi portò a considerare quanto l'atto di creare qualcosa sia per forza di cose collegato all'imposizione della propria volontà. Decisi di basarmi su quei valori comuni alla maggior parte delle religioni e delle filosofie umane. Il valore della vita umana, il rispetto dei diritti dell'individuo, la libertà d'espressione. Ma mi accorsi subito che ero rimasto imprigionato in un circolo vizioso...

Stefano decise che era giunto il momento d'acquisire una maggiore informazione sul misterioso professore. Usò un tagliacarte come segnalibro perché aveva interrotto la lettura nel bel mezzo di un paragrafo, e spostò la sua attenzione sul powerbook in stop che sonnecchiava sulla sua scrivania. Attivò la sua connessione Airport e selezionò l'icona di Firefox nel Dock del Finder. Il browser gli propose come sempre la pagina iniziale di Google, e Stefano digitò il nome del professore nel campo per l'immissione dell'oggetto della ricerca. Rimase sorpreso dal gran numero di pagine html risultato dell'indagine, in particolare notò un collegamento verso una pagina di myspace che riportava una frase particolare per giustificare la segnalazione:

MySpace.com - Agostino De Luigi - 40 - Male - Livorno, IT - MySpace profile for Agostino De Luigi with pictures, videos, personal blog, interests, information about me and my twin. ... http://www.myspace.com/agostinodeluigi ...
www.myspace.com/agostinodeluigi - 113k - Copia cache - Pagine simili.

Twin. Gemello. Si chiese perché non ci aveva pensato prima. Ecco la spiegazione plausibile che stava cercando. Ma perché il gemello del professore avrebbe dovuto impersonarlo proprio quella mattina sull'autobus, con il libro al suo fianco? E perché la pagina del professore su mySpace non riportava mai il nome del fratello? Stefano la stava leggendo e rileggendo da capo a fondo, ma tutte le volte che trovava un riferimento interessante questo parlava dei 'gemelli', del 'mio gemello', senza specificare... E poi le attività segnalate erano soltanto quelle del professore.

Stefano aveva vissuto una storia con due gemelle un paio d'anni prima e sapeva bene quanto possono essere particolari gli individui che condividono la stessa madre sin dal momento del loro concepimento. Con Claudia e Marina si era divertito parecchio, il livello di competizione tra le due era tale che se dava un bacio ad una lo pretendeva immediatamente anche l'altra... Avviò un'altra ricerca in Google, questa volta la parola chiave era "gemelli". Ovviamente si ritrovò a nuotare in un oceano di informazioni. Alcune erano decisamente 'esotiche' e lo distrassero dal suo proposito originale.

Scoprì che in Africa orientale il popolo dei Chagga considerava la nascita di due gemelli un evento funesto, perché erano sicuri che uno dei due, di solito il secondo, avrebbe di certo ucciso i genitori appena raggiunta l'età adulta. Anche gli Yoruba dell'Africa occidentale li ritenevano in grado di uccidersi tra loro una volta cresciuti, nonché capaci di uccidere il genitore del loro stesso sesso, fatto increscioso ritenuto ineluttabile anche dai Nuer del Sudan. La superstizione meno assurda per Stefano era quella diffusa in Congo, dove si credeva che la morte di un gemello era da attribuirsi al desiderio dell'altro di restare solo.

Tutte le opinioni espresse dai medici, infatti, evidenziano un alto livello di competizione tra i gemelli monozigoti, cioè derivanti da una singola cellula uovo fecondata da uno spermatozoo. I gemelli di questo tipo si trovano allo stesso stadio di sviluppo, hanno le stesse abilità e desiderano le stesse cose con uguale intensità. Questo rende la competizione tra di loro più intensa di quella esistente tra fratelli generici. Momenti di grande affetto e solidarietà possono alternarsi a momenti di alta tensione e profondo risentimento. Anche il mito, ad esempio con la leggenda di Romolo e Remo, ci conferma il pericolo che tale competizione possa generare una violenza di tipo addirittura mortale.

La competitività nasce per istinto di sopravvivenza, dove la lotta per lo spazio uterino si trasforma, nei primi anni dopo la nascita, in rivalità per lo spazio esistenziale da condividere forzatamente. I normali bisogni dei bambini, in loro, non solo sono identici, ma spesso insorgono nello stesso momento. Fra i tanti casi clinici citati, Stefano fu molto colpito da quello di un gemello che soffriva per una gelosia insensata, dato che il gemello era morto, e lui soffriva del fatto che l'altro, nella morte, aveva raggiunto prima di lui la madre.

La quantità di avvenimenti particolari appena vissuti, e la gran mole di dati passati in rassegna, fecero addormentare Stefano davanti al computer, con la testa appoggiata sulle braccia conserte. Alcuni ritengono che i sogni siano costruiti dal nostro cervello nel tentativo di metabolizzare gli eventi più o meno traumatici memorizzati durante la veglia. Ma anche questa teoria non può giustificare la stranezza dell'incubo che Stefano si apprestava a vivere...

Si rese conto immediatamente che stava sognando. Era vestito come Benigni nel film 'Non ci resta che piangere' e degli strani fili trasparenti spuntavano direttamente dalle giunture del suo corpo, come se fossero legati proprio alle ossa. Non sentiva alcun dolore. In effetti non sentiva niente altro che suoni. Ma poteva vedere e quello che vedeva era molto, molto strano. Un uomo anziano, vestito come la parodia più grottesca del Mago Merlino, con tanto di cappello a punta pieno di lucette come quelle per gli alberi di Natale, gli stava dicendo di avvicinarsi, rafforzando l'esortazione con ampi gesti delle mani. Il pavimento era interamente ricoperto di libri, così come le pareti confuse nella penombra, e Stefano cercò di calpestarli con rispetto, come si conviene, ma la sua gamba si rifiutava di muoversi. Provò anche con l'altra gamba, le braccia, la testa... niente da fare, il suo corpo si rifiutava di obbedire... Si sentiva soffocare, non poteva muovere neanche un muscolo. La sensazione, mai provata prima, era orribile. Improvvisamente vide le sue membra muoversi, scomposte, come animate di volontà propria... I fili lo stavano trascinando verso il mago, che adesso lo guardava compassionevole, come se provasse pena per lui. Stefano ebbe l'impressione di conoscere quello sguardo o perlomeno di averlo già visto in precedenza, ma non riusciva certo a ricordare, sopraffatto dalla sensazione claustrofobica d'essere prigioniero del proprio corpo.

L'anziano si fece da parte, con un gesto a metà tra l'invito e l'inchino, rivelando la presenza di un mobile stranissimo, fatto in legno ma con un grande foro al centro, chiuso con un vetro smerigliato simile a quelli presenti nelle credenze stile anni 60... ma del ventesimo secolo! Dal mobiletto color dell'ebano si dipartiva una fune che terminava in un oggetto in legno a forma di pulsante. Il mago lo premette con forza strappando contemporaneamente la fune dallo strano mobile e l'arcaico schermo di vetro smerigliato si accese. Stefano vide un altro se stesso, al di là del vetro, che stava gridando disperato: «Fatemi uscire!»

Si svegliò.

Alzò la testa e si rese conto, osservando la finestra, che aveva dormito fino alle prime luci dell'alba. La realtà è più vivida e concreta alle prime luci del mattino, almeno così gli sembrava da sempre, e Dio solo sa se in quel momento non aveva bisogno di tornare con i piedi per terra. Rimase qualche minuto supino sul letto, di traverso, con le gambe e le braccia a penzolare nel vuoto. Fissava un puntino nero sul soffitto, forse una scrostatura od una imperfezione nell'imbiancatura. Si alzò, infine, e si affacciò al balcone. La città si stava colorando con le prime luci a disposizione, cioè quelle del bar di fronte e dell'edicola all'angolo della strada, con le macchine dei mattinieri parcheggiate di fronte, in strada, come se le regole dell'educazione civica non fossero ancora entrate in vigore e i vigili urbani non fossero ancora in servizio...

Uscì dalla sua stanza cercando di non far rumore, suo padre aveva finito il turno di notte e probabilmente si era appena addormentato. Anche sua madre non si sarebbe alzata prima delle nove, quindi il bagno era tutto suo per qualche ora. Dopo aver espletato le proprie funzioni corporali, altra cosa concreta che allontanava gli incubi, per lui, s'infilò sotto la doccia con l'intenzione di non uscirne fino a quando le sue dita non fossero diventate palmate...

Maria

Se c'era un imprevisto che decisamente la metteva di cattivo umore la mattina, era quando la radiosveglia, sintonizzata rigorosamente su radio Capital, proprio nel momento in cui lei aveva programmato di svegliarsi, suonava quella canzone tratta da West Side Story che fa: «Ma-rriaaa, Marria, Marria, Maaria.» Non aveva mai conosciuto sua madre ed era cresciuta con una zia che, pace all'anima sua, la svegliava tutte le mattine con lo stesso ritornello! Le aveva voluto bene come ad una vera madre, ma all'alba, la sua vocetta stridula, proprio non l'aveva mai sopportata.

Comunque quello era il gran giorno, Maria lo aspettava da quando i suoi amici, Stefano e Saro, avevano approvato a pieni voti la sua idea di una gita al 'Leonardo Da Vinci'. Intendiamoci, c'era sempre quella palla al piede inconsapevole di Saro da sganciare in qualche modo, ma Maria non aveva dubbi, ci sarebbe riuscita. Lei e Stefano sarebbero rimasti soli per il tempo necessario a...

Il campanello ruppe il silenzio nella stanza e non solo quello, probabilmente. Si stava crogiolando nel letto, carezzando l'idea - e non solo quella - del suo amore segreto in intimità con lei, ma chi era che si permetteva di scocciare la gente così presto la mattina e per quale impellente motivo?

Il campanello suona sempre due volte, un pò come il postino, e puntualmente eccolo ripetere l'oltraggio, spudorato ed insistente, obbligando la povera Maria a saltare giù dal letto ed infilarsi vestaglia e pantofole.

«Arrivo, arrivo... se siete Testimoni di Geova scappate ora o non potrete più farlo quando aprirò... sono armata e pericolosa!» disse mentre camminava, massaggiandosi la schiena.

Aprì con la catena, di certo non preparata a quello che stava per vedere attraverso lo spiraglio tra la porta e lo stipite. Un uomo di mezza età, vestito come un lord inglese con tanto di cappello e guanti in mano, le stava sorridendo allegramente come se lei fosse in ritardo per un invito a cena.

«Mia cara signorina, accetti le mie scuse più sentite per l'ora improponibile. Sono il professor Agostino De Luigi, le assicuro che sono stato obbligato dalle circostanze a presentarmi proprio adesso, non potevo disporre altrimenti... posso entrare?»

Maria non sapeva se ridere od urlare. Riuscì soltanto a dire, con una calma per lei insolita: «Ma non ci penso nemmeno.»

«Signorina, lei conosce Stefano Morelli, nevvero?»

«E allora?»

«Stefano è in grave pericolo. Soltanto io sono a conoscenza dei fatti e lui non mi crederà mai, è troppo razionale... ma lei... lei è diversa, impulsiva, istintiva...»

«Se ne vada immediatamente o chiedo aiuto!»

«Perché fa così adesso...»

«AIUTOOOO, AIUTOOOO!» Le grida di Maria risuonarono in tutto il palazzo.

«Va bene, ho capito. Me ne vado, me ne vado...»

Il professore si allontanò dalla porta e raggiunse l'ascensore in tutta fretta. Maria, in seguito, ripensò spesso allo sguardo del vecchio, così come lo vide nascosta dietro la porta socchiusa. Esprimeva una malinconia ed un rammarico infiniti, mentre le porte automatiche dell'ascensore si richiudevano su di lui.

Prese il cellulare dalla tasca interna del suo giaccone, appeso accanto alla porta d'ingresso, e chiamò immediatamente Stefano. Lui stava ancora asciugandosi i capelli ed impiegò un pò di tempo a rispondere. Aveva il numero in rubrica naturalmente, con il nome e la foto di Maria che faceva una smorfia buffa.

«Risponde la segreteria telefonica di Nek, lasciate un messaggio dopo il segnale acustico. PRRRRRRR!»

«Sei il solito cretino, guarda che succede qualcosa di serio qui, sconfiggiti un attimo ed ascoltami. Ci sei?»

«Sì, sì, ma datti 'na calmata... cosa c'è?»

«...è appena venuto un tipo incredibile a suonare alla mia porta, voleva entrare e ti conosceva, mi sono messa ad urlare ed è scappato e vedessi com'era vestito e...»

«...oh, oh, oh, piano, calma, mi sembri Bonolis quando fai così... non ho capito nulla, ricomincia.»

«Ok, ma svegliati e non farmi ripetere. Hanno suonato alla porta, sono andata ad aprire, - meno male che metto sempre la catenella - e mi sono trovata davanti un omino anziano vestito come D'Annunzio che voleva entrare...»

Maria aspettava una replica, ma dal cellulare proveniva soltanto il sibilo leggero del respiro di Stefano, che non parlava più. Dopo qualche secondo riprese a parlare lei.

«Sembrava conoscerti e diceva che sei in pericolo... ho fatto male a mandarlo via?»

«No, no, hai fatto bene... credo. Spero. Non lo so Maria, il fatto è che l'ho incontrato sul quattro e c'era quel libro... ti ha detto come si chiamava?»

«Mi sembra Agostino qualcosa, ora che ne so io...»

«Maremma maiala... aspettami vengo da te, non voglio raccontartelo al telefono... posso venire?»

Maria pensò: "Puoi venire quando ti pare, non l'hai ancora capito?" Invece disse: «Va bene, ma fra una mezz'ora, stavo per fare una doccia.»

«Ok, arrivo, ciao.»

«Ciao.»

Vivevano tutti e due in Via Marradi, lui quasi in piazza Attias, lei ai 'Palazzi Rossi', come sono soliti chiamare quegli isolati i livornesi. Per andare a casa di lei ci impiegava di solito cinque minuti scarsi camminando con calma, quindi spese ancora qualche minuto a leggere le pagine rimaste aperte nel browser dalla notte precedente. Leggere tutte quelle testimonianze di comportamenti particolari da parte di gemelli monozigoti in un certo senso lo tranquillizzava. Probabilmente il professore era stato il gemello dominante e quello che lui e Maria avevano incontrato era l'altro gemello con qualche tipo di disturbo della personalità. Non riusciva ad immaginare un'altra spiegazione altrettanto verosimile. Quando lesse poi del 'Paradosso Gemellare' la sua razionalità gli fece tornare addirittura il sorriso. Incredibilmente, una certa Susan Faber, in seguito allo studio di oltre cento casi di gemelli monozigoti cresciuti separatamente, era giunta alla conclusione che i gemelli più simili tra loro sembrano essere, per assurdo, proprio quelli che hanno avuto meno contatti tra di loro, specialmente nei primi anni di vita. Se questo era un dato scientifico, e lo era indubbiamente, allora anche la sua ipotesi poteva essere reale.

Il professore strinse la mano del ragazzo, ormai gelida, allo stesso modo in cui si può stringere una colomba senza farle del male. Non c'era più niente da fare, niente da dire. La madre piangeva seduta sull'altro letto della stanza e gli amici stavano in silenzio, alcuni abbracciandosi tra loro, in corsia. Pregò per l'ennesima volta, sperando di non sbagliare, sperando nell'esistenza di un essere supremo perlomeno simile a quello che lui s'immaginava. Se aveva ragione lui, adesso il ragazzo si era riunito con Dio, ed in qualche modo parte di lui sarebbe tornata alla vita in un nuovo essere, in qualche altra regione del mondo. Ma adesso, in quell'ospedale, l'esistenza di quel ragazzo che anche più di suo figlio aveva percorso per tanto tempo la sua stessa strada, era finita.

Agostino si scosse, pensando alle ultime volontà del suo amico. Sapeva cosa fare adesso, e non avrebbe rinunciato, mai.

«Babbo. Babbo vieni via, devono entrare gli infermieri.»

Suo figlio lo chiamò comprensivo, e sua figlia lo sostenne mentre si alzava in piedi, porgendogli il bastone da passeggio.

Li ringraziò entrambi con un sorriso lieve, appena accennato. Prima d'uscire prese la mano della madre, senza parlare. Lei gli disse, fra un singhiozzo e l'altro: «...era uno di famiglia per lui, come uno zio... cosa dico, un secondo padre...»

«Lo so.» Rispose Agostino abbassando la testa. Strinse la mano del padre del ragazzo, muto e terribilmente pallido, che era rimasto sempre immobile vicino alla porta. Lo sguardo che si scambiarono parlò per loro.

Attraversò in silenzio la corsia dell'ospedale fino all'uscita, dove i suoi amati figli lo salutarono.

«Se vuoi venire da noi stasera. Franco potrebbe dormire sul divano e...»

«No amore, ma ringrazia tuo marito da parte mia. Ho delle cose importanti da fare.»

Indossò cappello e guanti e scese agilmente le scale che portavano ai giardini esterni del padiglione. Si voltò ancora una volta per salutarli con un cenno della mano... non potevano saperlo, ma quella fu l'ultima volta che lo videro.

Marionette

La ragazza non aveva più voce. Le sue grida erano più che altro un rumore afono, fatto d'aria e di sangue grattato via dalla gola in fiamme. Era già svenuta diverse volte, ma il suo aguzzino la svegliava di continuo con delle secchiate d'acqua mista a cubetti di ghiaccio che le faceva piovere in testa dalla sua postazione. Era sospesa a mezz'aria con delle funi, assicurate alla vita, ai polsi ed alle caviglie. Lui muoveva le funi e rideva. Ma non come ride un uomo, più come una iena od una scimmia. Le aveva completamente ruotato gli arti a trecentosessanta gradi, rompendo i legamenti, dislocando le ossa dalle giunture. Il dolore era insopportabile, lei era come una marionetta urlante, lui la faceva muovere e rideva. Erano in un teatro abbandonato, chissà dove e quando, nessuno li sentiva o voleva sentirli. La vittima aveva un riflettore puntato contro di lei e non riusciva a vedere il 'muso' del suo boia bestiale. Aveva smesso di pregarlo, tanto lui non rispondeva. Non parlava. Rideva. Rideva e basta. Il terrore più grande della ragazza era sempre stato quello di essere violentata sessualmente. Neanche nei suoi incubi peggiori avrebbe potuto immaginare una sevizia come quella che stava subendo. Il mostro non l'aveva neanche spogliata. Quello che voleva era soltanto farle provare un dolore immenso. Era fortissimo, in un modo innaturale, assurdo per una persona della sua età. La ragazza aveva intravisto, dietro la maschera folle e rugosa del suo muso sorridente, dei lunghi capelli bianchi raccolti in una coda.

All'improvviso cadde sulle assi di legno del palcoscenico, in un posa scomposta simile a quella di una marionetta alla quale hanno appena tagliato i fili. Diverse ossa dovevano essersi rotte o fratturate nell'urto, perché la ragazza svenne nuovamente per il dolore.

Una secchiata d'acqua gelata.

Il ghigno bestiale del mostro.

Un suono afono simile alla parola 'perché'.

Un colpo di pistola, e finalmente, il buio.

Saro

Avevano appuntamento alle 10 alla Stazione di Livorno.

Quando ricevette il messaggio sul cellulare, Saro pensò: "E ti pareva...". Oramai quella gita a Milano cominciava ad assumere i contorni del mito o, se preferite, della leggenda metropolitana. Ogni volta succedeva qualcosa, qualcuno si ammalava, una probabilità remota che non avevano considerato si verificava o l'ennesimo sciopero dei trasporti li dissuadeva.

Il messaggio era criptico e telegrafico, Stefano odiava scrivere con il cellulare: - NN si va + c si vede da Maria. - Già. Maria. Nei momenti di maggiore sconforto Saro era arrivato addirittura a prendere in considerazione il triolismo. Ma ogni volta gli risuonava subito in testa la vecchia canzone di Renato Zero, "...il triangolo, no...". Lui amava Maria. Maria amava Stefano. Stefano era il suo migliore amico. Tutti erano rigorosamente eterosessuali. No, non avrebbe mai funzionato. Ma allora che fare? Nessuno prendeva l'iniziativa per paura di rompere l'equilibrio e perdere l'amicizia degli altri. Saro era di origini calabresi, si era trasferito da una decina d'anni a Livorno ma conosceva già, e molto bene per giunta, il significato del vecchio proverbio toscano che recita: - Le cose lunghe diventan serpi . -

Ormai da un paio d'anni tirava avanti con il suo lavoro di programmatore soltanto per arrivare al Giovedì. Era l'unica concessione che Maria gli faceva, incoraggiata da Stefano. Saro era un ottimo ballerino e Maria amava il tango, così ogni Giovedì sera lui la accompagnava a prendere lezioni e poteva anche ballare con lei alla fine dell'ora. Era più una sofferenza che altro, stringerla a sé, sentire il suo profumo, entrare in intimità con la complicità della musica e poi... fermarsi lì! Ogni volta doveva calmarsi con una lunga serie di esercizi in palestra, una doccia fredda ed un'intera stecca di cioccolato fondente al novanta per cento di cacao; ed il giorno dopo quel fesso di Stefano lo prendeva pure in giro come se niente fosse. Saro non aveva ancora capito se Stefano 'c'era' o 'ci faceva'. Glielo diceva di continuo, guarda che Maria è cotta di te, come fai a non accorgertene... Ma lui niente: «Saroooo» gli rispondeva «te guardi troppi filmiiii!».

Saro viveva in un appartamento sul Pontino, nella zona vecchia di Livorno e dalla finestra di camera sua si vedeva la Fortezza. Era molto contento della sua sistemazione in affitto, si era affezionato alla sua città adottiva ed il disturbo causato dal gran traffico del centro era controbilanciato dall'orgoglio di vivere in una posizione 'storica' per tutti i livornesi. Cercava da sempre un posto barca sui 'fossi', meglio se proprio nel canale davanti a casa sua, ed anche se si trattava di un'impresa quasi impossibile - vengono tramandati di padre in figlio - mantenere viva la speranza lo aiutava a sentirsi parte della comunità. Ogni tanto andava 'da Undici' o da 'Galileo' a mangiare il cacciucco con gli amici, - naturalmente concludeva il pranzo con un bel ponce - ed in occasione di Effetto Venezia, la manifestazione estiva più importante della città, alcuni di loro, come Stefano o gli amici della palestra, si fermavano a dormire da lui, per evitare il colossale ingorgo che inevitabilmente si veniva a creare ogni notte alla fine delle manifestazioni.

Scese in strada ed alzò gli occhi al cielo. Era un giorno di libeccio ed il forte vento portava con sé l'odore del salmastro rubato al mare poco lontano. Decise di andare a piedi. Attraversò Piazza della Repubblica, Via Grande e girò a sinistra in Via della Madonna per raggiungere Piazza Cavallotti. Gli piaceva camminare in mezzo alle bancarelle che vendevano frutta e verdura, mescolarsi alla gente, sorridere delle espressioni vernacolari colorite che i venditori usavano per attirare l'attenzione. Da Via Cairoli raggiunse Piazza Cavour, si fece una 'vasca' in Via Ricasoli, la strada che dalle sue parti avrebbero considerato quella dello 'struscio', ed arrivò in Via Marradi. Decise di chiamare Stefano sul cellulare, per chiedergli se voleva fare con lui l'ultimo pezzo di strada per arrivare da Maria.

Stefano era già in strada e stava per raggiungere il portone d'ingresso del palazzo dove abitava Maria. Durante il tragitto aveva fatto le congetture più assurde, che andavano dalla sua inconsapevole partecipazione alla trasmissione 'Scherzi a parte' fino all'ipotesi di essere la prossima vittima designata di un serial killer... Il cellulare suonò e gli propose il faccione simpatico ma francamente brutto di Saro sul display.

«Dimmi...»

«Sono sotto casa tua, scendi?»

«...tze, sono già da Maria praticamente. Mòviti che vedrai ci sono problemi. Fai presto.» Chiuse la comunicazione senza aggiungere altro. Suonò il campanello ed una frazione di secondo dopo Maria gli aprì. Probabilmente si trovava accanto alla porta d'ingresso del suo appartamento, in attesa. Salì le scale due gradini per volta e mentre metteva piede sul pianerottolo disse, ansante: «Ciao, allora?».

Lei lo stava guardando dalla porta socchiusa. Velocemente accostò la porta e tolse la catenella.

«Vieni, mi spieghi chi è questo tipo? E come faceva a sapere che ti conosco, glielo hai detto te?»

«No e perché? ...non lo conosco nemmeno, l'ho incontrato mezza volta sull'autobus... è che ho trovato questo libro e...»

Il campanello di Maria aveva il brutto vizio d'interrompere sogni e discorsi come se niente fosse. Lei sollevò il ricevitore e non fece in tempo a dir niente perchè la voce di Saro disse: «Sono io, apri.»

Stefano si era portato dietro il libro e lo stava mostrando a Maria quando lui arrivò sul pianerottolo. Non poté evitare di pensare che il suo amico stava sempre un passo avanti a lui quando si trattava di questa ragazza, ma si pentì subito di essersene rammaricato ed abbracciò Stefano energicamente.

«Vieni disgraziato, che succede? Dillo a Saro tuo che sistema tutto come al solito, dai!» Maria gli sorrise divertita e scherzando recitò: «Sì, Montalbano sono!» Lo guardava, aspettando la solita replica in quel suo buffo siciliano venato di calabrese. Maria lo stava guardando dritto negli occhi quando successe.

Saro scomparì.

Istantaneamente, senza nessun preavviso.

Senza far rumore, senza dire niente. Non ci fu nessun lampo di luce, né ondeggiamenti della sua immagine, come nei film di fantascienza. Niente di niente. Un attimo prima c'era, l'attimo dopo non c'era più. Stefano, che aveva il braccio sinistro appoggiato sulle sue spalle, perse l'equilibrio perché si stava appoggiando a lui. Ma Saro non c'era più e non ci si può appoggiare sull'aria. Il silenzio era gelido. In lontananza, il brusio del traffico confermava annoiato la realtà dei fatti. Saro era scomparso. Restarono fermi, senza parlare, guardandosi allibiti, per una decina di secondi. Gli occhi di Maria passavano di continuo da quelli di Stefano al posto dove poco prima si trovava Saro. Ma Saro non c'era più. Lui accennò un sorriso idiota, poi sentì arrivare un giramento di testa, partito dalla bocca dello stomaco, mentre Maria, con la mani sul viso, piegata in avanti, correva verso il bagno cercando di arrestare i conati di vomito. Come si può razionalizzare una cosa del genere? Mentre sentiva le sue gambe piegarsi e si accasciava al suolo, Stefano cercava di superare lo shock formulando le ipotesi più assurde. Un sogno, uno scherzo, un'allucinazione... ecco sì, aveva sentito parlare di allucinazioni di massa, forse loro due stavano vivendo una... Loro due? Maria. Dov'è Maria? Si precipitò in casa, entrò nel bagno e la trovò inginocchiata davanti alla tazza del cesso. Si stava pulendo il viso con un asciugamano rosa, tenendo gli occhi chiusi. Ansimava. Lui notò accanto al ginocchio destro di lei una mattonella del pavimento scheggiata che si stava sollevando. Pensò: "Che cazzo fai Stefano, pensi alle mattonelle mentre... mentre cosa?"

«Maria. Oh! Maria rispondi!»

Lei piegò gli angoli della bocca come chi sta per piangere e lo guardò con uno sguardo che gridava aiuto.

«No, no, no, scusa Maria, scusa... sssshhhh... scusa.»

La voce di lei risuonò incerta ed attutita dal suo abbraccio, lui le stava carezzando e baciando i capelli: «Non è niente, dai, avrò mangiato qualcosa che m'ha fatto male...»

«Che cazzo stai addì Maria... Saro è scomparso e pensi a cos'hai mangiato ieri?»

Maria stavolta alzò il mento e lo guardò perplessa, seria, ed ora era Stefano a gridare aiuto senza emettere alcun suono.

«Che cazzo dici te. E chi è poi stò Saro?»

Stefano si alzò in piedi per staccarsi da lei, come se volesse prendere le distanze da un'estranea con cui era entrato in contatto inavvertitamente. Si appoggiò alla parete mattonellata del bagno e per un attimo apprezzò la sensazione di freddo che pungeva il palmo della sua mano, così realistica, familiare.

«Come chi è Saro? Maria sei di fori, sotto shock... Chi è Saro?..» Ma lei continuava a guardarlo come se fosse lui a dar di matto, sembrava quasi preoccupata.

«...è quel vecchio che m'ha svegliata prima?»

Lui indietreggiò fino alla porta tenendo una mano sulla fronte. Guardava in terra, come chi cerca di riflettere in una situazione difficile, cercando un punto indefinito con lo sguardo.

«No, no, no, che cazzo succede, mi fa male lo stomaco, non sto sognando...»

Maria si alzò, uscì dal bagno e lo vide nell'ingresso con il cellulare all'orecchio.

«Sarosarosarorispondicazzorispondi...»

«Messaggio gratuito. Il numero da lei selezionato è inesistente o momentaneamente non disponibile. Si prega di riprovare più tardi, grazie.»

Si voltò verso Maria chiedendole mille cose con un solo

sguardo, ma lei, appoggiata allo stipite della porta, lo stava osservando con uno sguardo compassionevole:«Stefano, che succede? Sei nei guai, hai bisogno di qualcosa... vuoi parlare?»

Uscì dall'appartamento di Maria e scese le scale a dirotto, reggendosi al corrimano rosso sbiadito. Nella testa gli frullavano nuovamente infinite congetture che puntualmente scartava come troppo assurde per essere vere, mentre correva in strada distratto e per poco non finiva sotto un autobus. No, dai. Sarebbe arrivato a casa di Saro e l'avrebbe trovato in cucina assorto come sempre nella lettura di un libro di Camilleri, seduto esattamente sotto il cono di luce del neon. Gli avrebbe raccontato tutto e Saro lo avrebbe deriso: «Stefano!? Cambia spacciatore!».

"Ma eri scomparso davanti ai miei occhi, una cosa incredibile, ancora non ci credo. Non ci posso credere. Devo capire, trovare una spiegazione logica, razionale. Non m'importa di niente... ma non sono pazzo, dovrebbe esserlo anche Maria, che non ti ricorda più... un virus, una nube tossica, allucinogena... che cazzo ne so io?".

Stefano continuava a premere il pulsante del campanello. Deve stare sotto la doccia, pensò, mentre dava una manata sul citofono suonando quasi a tutti gli inquilini del palazzo. Dopo qualche secondo un coro di «Chiè?» accompagnò lo scatto metallico dell'apri-porta. Salì le scale allungando la falcata per saltare due gradini per volta ed arrivato all'appartamento di Saro si bloccò prima di suonare il campanello, perché lo sguardo gli cascò sulla targhetta del nome. Diceva: Franca Persichetti. "Chi cazzo è ora Franca Persichetti!". Suonò. Sentì una voce di donna gridare dall'interno «Arrivo, arrivo, un momento!». No, no, no... Una ragazza sulla trentina aprì la porta con la catenella. Indossava un accappatoio rosa ed aveva un asciugamano in testa a mò di turbante.

«Chi sei? Non mi sembra di conoscerti...»

«Sono Stefano, dov'è Saro?»

«Saro chi? L'inquilino precedente? L'agenzia mi aveva detto che l'appartamento era sfitto da anni...»

«...ma come sfitto...» lo disse quasi piangendo, arrendendosi, prendendosi la testa fra le mani. Lei sgranò gli occhi preoccupata.

«Senti, se è uno scherzo non mi fa ridere, vattene o chiamo qualcuno, va bene?»

«No, aspetta...». Il rumore della porta che sbatteva fu il colpo decisivo. Fece crollare il castello di carte che sosteneva le sue speranze, forse anche la sua sanità mentale. Si ritrovò nuovamente in ginocchio con le braccia fra le gambe, senza saper che fare o pensare. Inerte.

Qualche ora più tardi si svegliò nel letto di camera sua. Lo faceva ogni volta che gli capitava una giornata storta, qualunque ora del giorno fosse, andava a dormire. Dopo un'ora o due di sonno tutto gli sembrava più chiaro, semplice, ogni problema, risolvibile, ogni ostacolo, superabile. Questa volta non aveva funzionato. Non ricordava neanche come aveva fatto a tornare a casa. Ancora in mutande si mise al computer, cercando una qualsiasi traccia dell'esistenza del suo amico, senza successo. Il suo blog, la pagina su MySpace, quella su Anobii... niente. Era veramente come se Saro non fosse mai esistito. Controllò la posta in arrivo e si mise a ridere quando notò che tutti i messaggi che aveva ricevuto da Saro non c'erano più. Erano risate isteriche, di quelle tangenti all'inizio della follia. Poi si accorse di un messaggio con alta priorità ed uno strano mittente, agostino@agostinodeluigi.it. Lo aprì con un doppio clic del trackpad.

Da:	agostino@agostinodeluigi.it
Oggetto:	**Dobbiamo parlare!**
Data:	28 gennaio 2008 11:07:12 GMT+01:00
A:	stefanom@g-mail.com
Rispondi a:	support@agostinodeluigi.it

Ciao Stefano,

ci siamo incontrati l'altro giorno sull'autobus, sono il prof.De Luigi. Devo parlarti urgentemente, è questione di vita o di morte... la tua morte! Vieni all'ingresso di Villa Fabbricotti appena puoi, mi troverai lì ad aspettarti, ma fai presto non hai tempo da perdere...

Agostino De Luigi

«Stefano. Tutto bene?» Sua madre lo guardava preoccupata. Da quanto tempo stava lì, in piedi in mezzo alla stanza? Con quello sguardo che non faceva altro che ripetere in sua vece 'cosa ho sbagliato con te?', anche quando non parlava... Con il grembiule da cucina ed un canovaccio in mano che significavano 'ho smesso di rigovernare perché sono in pensiero per te, il figlio strano, l'intellettuale mezzo matto'...

«Potresti anche rispondermi, sono tua madre no? Ti ho messo io al mondo, magari questo me lo devi, no?»

«Mamma non cominciare la solita litania, ti devo molto di più, a te come a babbo, non ho mai detto il contrario. E' solo che non ci capisco più nulla anch'io, come posso spiegarti...»

Emise un sospiro mentre faceva due passi avanti con la mano tesa verso di lui, per carezzargli i capelli, e disse:

«Vai a Villa Fabbricotti dal professore, ti spiegherà tutto lui. Ma fai presto, amore di mamma...»

Stefano sentì un brivido che lungo la spina dorsale raggiungeva la sua nuca.

Emise un sospiro mentre faceva due passi avanti con la mano tesa verso di lui, per carezzargli i capelli, e disse:

«Vai a Villa Fabbricotti dal professore, ti spiegherà tutto lui. Ma fai presto, amore di mamma...»

Sua madre si voltò ed uscì dalla stanza senza aggiungere altro. Stefano tratteneva ancora il respiro. Aveva appena vissuto per due volte la stessa 'scena'. Sua madre gli stava toccando i capelli ed un istante dopo era di nuovo al centro della stanza, e gli veniva incontro sospirando. E gli diceva... gli diceva quello che non avrebbe mai potuto dire.

Adesso era sicuro, era impazzito del tutto.

Atlante

Quei rari momenti, quando Agostino era in grado di scappare verso Sud con la sua Jaguar XJ rossa del 1979, gli donavano da sempre una strana sensazione di libertà. Si sentiva parte di quel mare selvaggio che spesso s'infrangeva, urlando la sua gioia di vivere, sulle scogliere a picco del Romito o del Sassoscritto. Al "curvone" di Quercianella s'immagino simile ad una singola onda del mare infinito dell'esistenza, potente e fiero, orgoglioso dei suoi tanti capelli bianchi come le altre onde lo sono della loro schiuma spumeggiante. Ma prima di dissolvere la sua forma, incontrando lo scoglio a lui predestinato, doveva riparare al suo errore più grande.

Era in gran forma per la sua età, ma psicologicamente stanco come Atlante, il mitico gigante che reggeva sulle sue spalle il peso del mondo. Dopo il centro abitato rinunciò al piacere che gli dava percorrere la vecchia Aurelia attraversando Castiglioncello e proseguì a dritto dove la strada diventa a quattro corsie. Doveva far presto, ma se una pattuglia l'avesse fermato per eccesso di velocità, allora sì che avrebbe perso troppo tempo. Stabilizzò la sua velocità di crociera sui cento chilometri orari, di poco sopra il limite, sperando che le eventuali forze dell'ordine che avrebbe potuto incontrare si limitassero a multarlo con l'autovelox senza fermarlo. Ben presto raggiunse l'uscita per Vada, dove il limite si alza a centodieci chilometri orari e fu in grado d'accelerare senza troppi problemi. Il ricordo dei numerosi viaggi di quel tipo, in compagnia del suo figlioccio che gli parlava entusiasta della responsabilità morale di cui si sentiva investito per il suo compito, lo distrasse al punto che arrivato all'uscita per Cecina non si ricordava neanche più cos'era successo nel tratto di strada tra lì e Vada. Il dolore alle volte fa brutti scherzi. Attraversò la cittadina pregando Dio che non gli facesse incontrare uno dei suoi numerosi amici del posto e s'immise nella parallela al viale alberato che conduce a Marina. Si lasciò sulla sinistra il sito archeologico che aveva visitato con i suoi figli ancora piccoli, tante estati fa, e raggiunse la piazza di Marina di Cecina dopo la curva della Chiesa. Parcheggiò accanto alla pineta e si accorse subito che il furgoncino dell'operatore non era parcheggiato davanti alla sua villetta.

«Nedo!» Agostino urlò mentre apriva il portoncino blindato con la sua chiave, «Nedo!» la luce era spenta e l'ambiente era rischiarato soltanto dagli innumerevoli led degli hard disk e dei router. Il professore richiamò un numero dalla memoria recente del suo cellulare e numerosi toni di chiamata lo fecero innervosire ancor di più prima che Nedo si degnasse di rispondere.

«Pronto.»

«Nedo sono il professore, sono a Cecina, si può sapere dove si è cacciato?»

Dall'altra parte si sentì soltanto un sospiro tra l'imbarazzato e lo scocciato, poi Nedo rispose con il tono severo e formale di chi vuol sembrare dalla parte della ragione e perciò irremovibile.

«Senta, lei non può pretendere che io passi la mia vita davanti al suo computer del cazzo, io ho un lavoro ed una famiglia, non me ne frega niente dei soldi, siamo pari così, ma si trovi qualcun'altro per favore...»

«Ma che dice, lei farnetica, ha firmato anche un accordo di segretezza e...»

«...e chi se ne frega, tanto ho cancellato tutto, l'avatar, i testi, il backup... non potrebbe accusarmi di nulla...»

Agostino perse di colpo la sua educazione, la calma ed il controllo delle sue azioni, e scagliando il cellulare contro il muro disse:«Maledetto imbecille non sai cos'hai fatto... hai rovinato tutto...»

Si lasciò cadere su un divanetto alle sue spalle. Guardava il pavimento e parlava da solo. «Avevo promesso...»

Rimase così, abbandonato come uno straccio vecchio, per qualche minuto. Non riusciva a trovare una soluzione. Lo sguardo gli cadde su una copia del suo libro, a due passi da lui, sul tavolinetto da fumo. Cominciò a sfogliarlo a caso e lesse le sue parole che adesso gli suonavano passate, antiche, quasi come quelle di un'altra persona, di un altro secolo, di un'altra vita.

...il pericolo, secondo me, è che gli utenti di questi universi sintetici non capiscano, o si dimentichino con il tempo, che il surrogato della realtà primaria che stanno utilizzando per trovare la felicità a loro negata non è altro che un placebo, che incanta con false e virtuali soluzioni a problemi invece tristemente reali. La ragazza alienata dalla società per le sue caratteristiche fisiche non rispondenti allo standard estetico corrente, potrà vivere virtualmente con un corpo da top model nel mondo sintetico invece di superare il suo complesso costruendo con fatica e sacrificio una nuova personalità nel mondo reale. Il soggetto frustrato dagli insuccessi in campo lavorativo o familiare potrà fingere d'essere un potente mago, un cavaliere od addirittura un Re di un mondo fantasy, ma se arriverà all'estremo di passare più tempo nel virtuale che nel reale, aggraverà la sua condizione sociale e psicologica in modo forse irreversibile. Come posso non preoccuparmi di tali effetti quando la mia creazione potrebbe esserne la causa?

Forse quello che dovrei fare è manipolare le possibili situazioni in cui potrebbero trovarsi gli utenti collegati in ambito virtuale per mezzo di personaggi dotati d'intelligenza artificiale (I.A.) gestiti direttamente dal server. Questi ultimi avrebbero il compito, utilizzando mezzi pacifici e preferibilmente artistici, d'instillare nella mente dell'utente patologico l'ipotesi dell'esi-

stenza di un'altra realtà, molto più definita della virtuale (reale per l'I.A.) nella quale potrebbero risolvere concretamente i loro problemi. Creare, in un certo senso, un feedback d'immedesimazione che gli faccia capire come l'immaginazione abbia valore solo quando aiuta a vivere meglio la vita di tutti i giorni, concreta e reale.

Chiuse il libro di colpo e lo scagliò dall'altra parte della stanza, colpendo inavvertitamente un porta-foto poggiato su di uno scaffale della libreria. Il vetro protettivo andò in mille pezzi quando entrò in contatto con il pavimento e la foto contenuta schizzò fuori dalla parte di sostegno. Agostino si alzò stancamente e raccolse la foto, che raffigurava lui e la sua famiglia prima che...

I suoi occhi decisero che era il momento di riempirsi di lacrime. Anna era stata una moglie ed una madre fantastica, prima che...

Adesso sapeva cosa fare. Doveva collegarsi un'altra volta, forse per l'ultima volta, ma doveva farlo per Stefano, prima che fosse troppo tardi. Si sedette davanti al computer principale e digitò la sua password:

Username: agostinodeluigi@agostinodeluigi.com

Password: atlante2000

Entrò nel suo nascondiglio nell'Italia virtuale, una stanza scarna e disadorna con soltanto un armadio enorme pieno di vestiti di fronte alla porta che dava sull'universo sintetico. Per prima cosa, come faceva sempre, fece camminare il suo avatar in modo che andasse a sbattere contro un muro. I movimenti scomposti e ridicoli del suo avatar gli ricordavano come inquadrare le cose nella giusta prospettiva. Il programma era incredibilmente sofisticato, i punti del corpo dell'avatar entrati in collisione con il muro si erano arrossati e ben presto avrebbero mostrato dei lividi. Ma lui era seduto davanti ad un computer e non sentiva dolore né provava pena per un pupazzetto che lo rappresentava in quel coacervo di numeri di forma vagamente reale...

Fece aprire la porta al suo avatar e la riproduzione del paesaggio sonoro virtuale, che il programma stava simulando all'esterno del nascondiglio, cominciò a risuonare nella villetta di Cecina Mare, attraverso il suo sistema home theatre. Ma il soffiare delicato del vento non carezzava il suo viso. Lui era in una stanza con le finestre chiuse. Il cinguettio dei passerotti non portava con sé il pericolo che un escremento di volatile potesse insozzare i suoi vestiti. Aveva un tetto sulla testa, in realtà. Il rumore del traffico in lontananza non inquinava l'aria e magari questa era una cosa positiva. Il suo avatar si ritrovò dietro un'alta siepe nel parco pubblico di Villa Fabbricotti, a Livorno, cioè nella sua riproduzione all'interno dell'Italia virtuale.

Agostino premette con violenza il carattere contraddistinto da una freccia con la punta verso l'alto sulla tastiera del suo computer, e nell'universo sintetico il suo avatar si avviò lentamente verso l'ingresso del parco.

Stefano camminava, o per meglio dire vagava, in Via Marradi. La gente lo additava come fa di solito con tutti i disadattati e gli ubriachi, ma lui neanche li vedeva. Stava andando alla Villa Fabbricotti, senza sapere perché, in realtà. Non poteva credere veramente che laggiù avrebbe trovato una spiegazione logica per quello che gli stava succedendo. Rifletteva di continuo sull'ipotesi d'esser diventato matto. La scartava soltanto in virtù del fatto che i suoi ragionamenti gli sembravano ancora normali. Ma chi può affermare con certezza cosa è normale e cosa non lo è? Poi probabilmente era proprio così che si sentiva di solito un pazzo. Confuso, incredulo, paranoico, ma convinto che i pazzi siano gli altri e non lui. Ma Stefano aveva ancora dei dubbi; e se li aveva, allora forse non era 'partito' di testa del tutto, magari era soltanto un disturbo della personalità, dovuto allo stress...

Camminava lentamente, guardandosi attorno, ed ogni cosa gli sembrava diversa, strana. Vedeva un autobus completamente grigio, così come le persone al suo interno, come se fossero appena usciti da un vecchio film in bianco e nero. Ma tutto il resto intorno a lui era come sempre, con i soliti colori sbiaditi della città. Alcune persone sembravano cambiare di posto senza muoversi. Quella signora con le borse della spesa e la giacca a vento rosa gli era passata accanto qualche secondo fa ed ora gli stava nuovamente venendo incontro. Notò un cartellone pubblicitario in cui le immagini erano completamente squadrettate, approssimative, si voltò un attimo per attraversare la strada e quando guardò nuovamente il cartellone le immagini erano nuovamente ben definite.

Si trovò a passare proprio davanti alla casa di Maria, ai Palazzi Rossi. Si fermò un attimo, guardò la finestra, vide la luce accesa all'interno, e decise di salire per vedere come stava. Suonò il campanello ed al citofono che chiedeva 'chiè' rispose:

«Sono io, apri...» Per abitudine. Proprio come faceva Saro. Lei lo accolse con un abbraccio, aveva le lacrime agli occhi. Sembrava quasi che lo stesse aspettando.

«Stefano, come stai?» Lui non rispose.

«Hai lasciato qui il tuo cellulare, non sapevo come fare, poi ho chiamato a casa tua e la tu'mamma mi ha detto tutto...»

«Che ti ha detto di preciso?»

«Stefano, come stai?» Lui sgranò gli occhi, tenendola sempre abbracciata, ma stringendola un pò più forte.

«...ma me l'hai già...» Sussurrò appena, come parlando con se stesso. Lei continuò come se lui non avesse detto niente.

«Hai lasciato qui il tuo cellulare, non sapevo come fare, poi ho chiamato casa tua e la tu'mamma mi ha detto tutto...»

Stefano inspirò profondamente, come per farsi coraggio, poi disse: «...entriamo devo parlarti.»

Questa volta Maria si comportò normalmente. Sottraendosi all'abbraccio si spostò di lato per farlo entrare, mettendogli una mano sulle spalle. Si sedettero uno di fronte all'altra, nella famosa cucina, rigorosamente tutta gialla, di Maria. Che la cucina era sua si poteva facilmente capire contando le innumerevoli paperelle di ceramica sparse un pò dovunque con l'intento di personalizzarla. Stefano prese le mani di Maria nelle sue. Lei sembrò gradire particolarmente il gesto.

«Maria, 'un ci capisco più nulla, mi sembra d'esse' matto. Vedo cose strane, rivivo più vorte la stessa situazione, o perlomeno mi sembra che sia così, e poi...»

«Sssshhhhh, non dire altro.» Lei lo disse socchiudendo

gli occhi per un istante, come per rafforzare il significato delle sue parole, ma riuscì soltanto ad essere paternalistica ed un pò patetica.

«Ti conosco da una vita, Stefano, qualsiasi cosa ti stia succedendo io so che non sei pazzo. Magari sei soltanto troppo stanco ed hai bisogno...»

Suonarono alla porta.

Maria decise che, potesse morire se non lo faceva, avrebbe cambiato campanello al più presto, sperando di trovarne uno che non avesse il brutto vizio d'interrompere sogni e discorsi come se niente fosse.

«Scusa, vado a vedere chi è...»

La porta d'ingresso restava dietro l'angolo. Invisibile dalla cucina. Ma Stefano capì lo stesso che qualcosa non andava quando sentì il chiavistello spezzarsi, l'anta sbattere con violenza contro il muro e Maria mugolare come se stesse cercando di urlare con una mano sulla bocca. Ebbe soltanto il tempo d'alzarsi in piedi.

«Siediti se non vuoi che le spezzo il collo subito.»

L'uomo che aveva parlato, con una voce roca e profonda, aveva uno strano sorriso, come un ghigno stampato sul viso rugoso, lo sguardo allucinato e portava i lunghi capelli bianchi raccolti in una coda. Il suo aspetto ricordava il professor De Luigi, ma più come una caricatura feroce, un riflesso distorto. Stefano fece semplicemente due più due.

«Certo che come gemello del professore fai un pò schifo, non gli somigli nemmeno...»

«...è lui che non somiglia a me... io sono l'originale e lui la brutta copia...»

«...è per colpa tua che sta succedendo tutto?»

Il mostro esplose in una risata agghiacciante.

«...certo che siete divertenti voi marionette! La colpa... come se avesse importanza... mi dispiace soltanto di non poter giocare con voi come con le altre...»

Stefano non staccava mai lo sguardo da Maria che lo guardava implorante dietro la grossa mano pelosa del serial killer.

Improvvisamente lei alzò lo sguardo al cielo ed i suoi occhi diventarono completamente bianchi.

«Ascoltami bene, quando vedi mio fratello, digli che continuerò ad uccidere i suoi giocattoli finché non troverà il coraggio d'affrontarmi.»

Stefano realizzò: "La sta ammazzando." Con un balzò saltò il tavolo davanti a lui per avventarsi sul mostro, ma lui lo colpì con il braccio sinistro appena fu alla sua portata, facendolo volare dall'altra parte delle stanza. Finì di strangolare la ragazza con il braccio destro e poi la lasciò cadere a terra con noncuranza. Si avvicinò lentamente a Stefano.

«Vuoi che ti rompa qualche osso, marionetta?»

«Lascialo stare.»

Il professor De Luigi entrò nella famosa cucina gialla della povera Maria in modo epico, anacronistico. Con un gesto elegante, che però fece cadere una paperella da una mensola (gialla) sul muro lì accanto, sfoderò una spada nascosta nel suo bastone da passeggio e si mise 'in guardia' come un provetto spadaccino. Il suo gemello si era girato verso di lui e teneva la braccia davanti a sé per proteggersi, con le dita delle mani piegate come artigli d'aquila. Stefano, che si era appena rimesso in piedi, per un attimo trovò la scena grottesca, poi vide Maria accasciata sul pavimento come una bambola di pezza. Sentì la sua gola contrarsi, le lacrime attaccare prepotentemente il suo orgoglio maschile, reclamando il loro diritto ad uscire. Si chinò per prenderla tra le braccia.

«Finalmente, maledetto. Lo sapevo che rompendo qualcuno dei tuoi giocattoli ti saresti fatto vedere.»

Il professore non parlava, studiava le mosse del suo riflesso distorto con attenzione, come se si trovasse in un labirinto di specchi. Erano immobili come due icone in un bassorilievo. Stefano li osservava incredulo. Il mostro continuava a parlare con la sua voce roca.

«Ora sarò un individuo... ho bisogno di sapere che al mondo ci sono solo io... potrò finalmente diventare quello che dovevo essere quando sono nato.»

Allungò le braccia fulmineo ed afferrò la lama del professore con entrambe le mani. Il suo sangue schizzò copioso dappertutto, ma la follia probabilmente lenisce il dolore perché riuscì addirittura a spezzare la lama come se fosse di legno compensato. Ne gettò i frammenti lontano. Il professore non reagì all'attacco, rimase immobile con le braccia lungo i fianchi, disarmato e vulnerabile. Il suo gemello cominciò a colpirlo allo stomaco con i pugni che grondavano sangue. Agostino sembrava un pugile che cerca d'abbracciare il suo avversario. Mentre incassava colpi micidiali piangeva e balbettava:«t-tu non... esisti, n-non sei mai nato ve-vera... mente.» Quelle parole fecero infuriare l'assassino che emise un grido bestiale, come il lamento di un lupo ferito. Il professore continuò: «...nessuno soffre come me ...questo mio fratello, un'ombra oscura che mi ruba la luce del sole, è il mio tormento... perché l'ho creato io... ed io devo distruggerlo...»

Inventandosi una forza inaudita, Agostino sollevò letteralmente da terra il suo gemello e lo scagliò contro l'unica finestra della stanza. I vetri rotti si fermarono a mezz'aria, come in quelle scene assurde che tanto vanno di moda nel cinema americano, ma il mostro urlante, invece, precipitò senza fermarsi fino alla strada sottostante. Un tonfo sordo, lo stridere dei freni delle auto, le grida dei passanti e la vita abbandonò il corpo del serial killer, lasciandogli per sempre sul muso, quel suo ghigno bestiale ed agghiacciante. Solo allora, i vetri caddero sul pavimento della cucina gialla di Maria.

Il professore si voltò verso Stefano e gli tese la mano.

«Vieni, andiamo via. Non possiamo più far niente qui, purtroppo...»

«Ma... ma come...» Stefano guardò dritto negli occhi del professore e ci trovò un abisso incolmabile di malinconia, ma anche la determinazione assoluta di chi pensa d'essere nel giusto. Adagiò a terra, delicatamente, il corpo di Maria, come se lei avesse potuto ancora sentire il dolore. La guardò ancora un momento, le carezzò i capelli un'ultima volta e distolse lo sguardo alzandosi in piedi.

«Va bene. Andiamo.»

Pochi minuti dopo erano seduti su una panchina nel parco pubblico di Villa Fabbricotti. Stefano era in preda ad una sonnolenza implacabile, quella che segue sempre uno shock nervoso e ti lascia svuotato, apatico. Agostino si ricompose, si tolse il mantello e salutò educatamente un'anziana signora che passeggiava davanti a loro. Poi cominciò a parlare:

«Non so se potrai mai credermi. Comunque ti dico subito che, alla fine del racconto, ti darò una prova scientifica, come piace a te, della veridicità delle mie parole.»

«Dov'è Saro?»

«Saro?»

«Saro, cazzo, dovè Saro... una mia amica è morta, Saro è scomparso e tu mi fai anche ripetere, vecchio rincoglionito?»

«Ve bene, forse me lo merito, ma adesso ascolta senza dare in escandescenze per favore... comincerò da Saro, se preferisci così...»

«Preferisco così. Allora?»

«Anche Saro è morto, in un certo senso...»

«In un certo senso? Come si fa a morire 'in un certo senso'? Ma lei è di fuori di cervello?»

«Basta, vedo che è inutile girarci tanto intorno. Guarda.»

Nella mano destra di Agostino apparve inspiegabilmente una specie di penna laser, di quelle che si usano per puntare gli oggetti sui monitor. La agitò davanti a loro e gli alberi del parco scomparvero. Anzi, non erano scomparsi del tutto, solo alcune parti dei loro fusti ed un pò di rami non si vedevano più. L'effetto ottico era simile a quello causato dallo strumento 'gomma' di Photoshop, passato a caso su un disegno digitalizzato. Stefano sentì il sangue affluire prepotentemente alla sua testa, le orecchie gli prendevano fuoco, era in preda ai brividi.

«Questa in cui vivi non è la realtà. Siamo in una riproduzione sintetica di Livorno, parte della mia Italia Virtuale, un universo sintetico che ho creato insieme ad un programmatore di nome Saro. Un ragazzo a cui volevo bene come ad un figlio. Il 'tuo' Saro era il suo avatar. Quando il mio figlioccio è morto per un cancro, ho pagato un operatore per tenere in funzione il suo avatar per un pò, ma era un tipo inaffidabile e mi ha fatto un macello. Ha cancellato il tuo amico. 'In un certo senso' ha 'ucciso' Saro.»

A Stefano si girò lo stomaco. Si buttò a testa bassa alla sua destra, fuori dalla panchina, e vomitò anche l'anima.

«Anche questa reazione è indice di umanità da parte tua. E non so se mi crederai mai, come ti ho già detto, ma tu non avresti mai dovuto avere questo tipo di problemi. Tu non sei un avatar, ma un bot. Un'intelligenza artificiale. Ma sei unico nel tuo genere, perché subito dopo esser stato programmato hai cominciato a sviluppare una personalità, dei tratti caratteriali e qualcosa di molto simile ad una coscienza umana.»

Stefano era senza parole. Nel suo cervello si stavano ammassando flussi di ricordi come correnti nel mare. La sua vita era andata in pezzi, migliaia di pezzi, un gigantesco rompicapo; e quella spiegazione assurda sembrava proprio l'unica che faceva andare ogni tassello del puzzle al posto giusto.

«Incredibile, vero? Asimov avrebbe dato un occhio per poterti conoscere.»

«Ma io sento! Sogno! Come me lo spiega questo? Ed il suo gemello? Perché la voleva uccidere, se era solo un avatar?»

«...perché? Non l'ho mai capito. Comunque non era un semplice avatar di qualcuno, era un bot anche lui. Ma non di certo un'intelligenza, semmai una follia artificiale... Una specie di virus. Nella mia realtà non esiste, il mio gemello è morto al momento del nostro parto. L'ho creato io virtualmente perché in realtà mi è sempre mancato... è sempre stato la mia ossessione. Ho sofferto molto da bambino, in silenzio. Credevo che mia madre mi incolpasse della sua morte. Ero arrivato a credere addirittura che mia madre preferisse lui a me. Forse voleva che fosse stato lui a sopravvivere...»

Agostino girò la testa dal lato opposto a Stefano. Probabilmente s'era commosso.

«Scusa. (...) Comunque lui andò fuori di testa quando si rese conto di essere un'intelligenza artificiale e di essere stato creato dal suo 'fratello gemello'. Desiderava ardentemente differenziarsi. Pensa che il povero Saro era rimasto scioccàto dalle sue grida al momento del trauma. Il bot ripeteva 'Io sono Agostino, io sono Agostino' mentre lui cercava di ripristinare la programmazione originale. Non ci riuscì e perse il controllo su di lui.»

«Ma io... io chi sono? COSA sono?»

«Questo devi deciderlo tu Stefano. Io posso solo aiutarti a capirlo. Ti avevo promesso delle prove scientifiche a sostegno di questa storia che, io per primo, reputo incredibile, e te le darò. Saro ha passato gli ultimi mesi della sua vita a preparare un regalo per te. Ha sempre saputo che, un giorno, anche tu avresti scoperto la verità e ti ha preparato questo.»

Agostino gli porse dei fogli scritti a mano libera con degli schemi e dei disegni, sembravano delle istruzioni.

«Torna a casa tua e collegati ad internet seguendo questa procedura.»

Restò un attimo in silenzio, guardandolo negli occhi.

«Io sarò dall'altra parte ad aspettarti... »

Stefano tornò a casa senza prestar attenzione a tutte le stranezze che si verificavano continuamente intorno a lui. Era come in trance. Non c'erano più i suoi genitori in casa, ma era troppo sconvolto per preoccuparsene. Si sentiva un pò come il protagonista di quel vecchio film di fantascienza, 'Occhi bianchi sul pianeta terra'. L'unico essere umano al mondo. Umano... non proprio secondo qualcuno! Non riusciva ad accettarlo, nonostante tutto ciò che aveva appena visto e sentito... Non si avvicinò neanche al suo computer. Puntò dritto al frigorifero, abbrancò un salamino piccante che si stava centellinando da settimane e prese un coltello dal cassetto delle posate. Si versò un bicchiere del vino rosso che usava suo padre per pasteggiare e tagliò diverse fette del suo salume preferito. Lo mangiò a morsi, senza pane od altro. Sentiva il piccante sferzargli il palato ed il vino bruciargli la gola. SENTIVA, cazzo! Si sarebbe anche masturbato se non avesse superato quella fase da molti anni ormai.

Andò in bagno e si sedette sul water. Sperava che, come dopo l'ultimo incubo che aveva avuto, fare dei suoi bisogni lo facesse sentire vivo, animale... se la fanno seduti o accucciati sono come me, usava dire di fronte ai superbi ed ai potenti. In preda alla rabbia, e forse cedendo ad una crisi di nervi, arrivò a mordersi la mano destra, pregustando il dolore che si stava provocando.

"Cosa mi sta succedendo?" pensò "sto impazzendo, o magari il professore è pazzo... ma come fa a far scomparire le cose? ...che siano tutte allucinazioni? Magari, Maria e Saro sarebbero sempre vivi... sempre che questa sia vita... forse sto delirando, su una barella, sono in coma e non riesco a svegliarmi..."

«NOOOOOOOOOOO!» Urlò con tutte le sue forze prima di perdere i sensi.

Si svegliò sul pavimento del bagno, sporco e dolorante. Il dolore è una cosa buona, alle volte, se senti il dolore sei ancora vivo... Decise di farsi una doccia. Il getto d'acqua tiepida era fantastico. Come poteva essere soltanto una sensazione codificata, virtuale?

Mentre s'infilava l'accappatoio, sul cesto della biancheria sporca, vide il libro. Aprì una pagina a caso.

...lavorando a questo progetto, ho creato qualcosa d'incredibile, inconsapevolmente. Stefano è vivo. Non so come sia possibile, ma si è evoluto, impara dai suoi errori, piange, sceglie, CREA! Ma io non sono Dio, sono soltanto un uomo, un insulso granello di sabbia nella spiaggia infinita del tempo. Tutto ciò che ho provocato, per me, è una bestemmia. Forse, inconsciamente, sono stato la causa del mio stesso fallimento, ho acceso io stesso il fiammifero nella polveriera. Ho cresciuto la serpe in seno: mio fratello, il mio gemello virtuale; l'ho sempre saputo, ma fingevo di non rendermene conto. Forse ho strappato alla morte, con la scienza, quello che Dio aveva deciso non dovesse nascere. Fatto sta che un avatar, programmato rispettando i dettami dell'educazione civica, dell'eleganza, della religione cristiana e della filosofia, si è rapidamente trasformato in un folle assassino, nell'incarnazione assoluta del male, un'aberrazione che vive solo per distruggere, profanare e dissacrare. La negazione della vita. Tutto questo è stato troppo per me. Ho pubblicato questo libro dopo la "morte" della mia vera personalità. Ho acquisito quella che avevo pensato per il mio gemello

e adesso sto tagliando tutti i ponti con il mio passato. Cercherò di entrare a far parte del mio mondo virtuale, fisicamente, per uccidere il mio gemello. Ruberò la sua identità, come lui ha fatto con la mia, e dimostrerò, una volta per tutte, che "uno più uno, non ha mai fatto due".

Stefano a questo punto non capiva più quale fosse il vero professore... "quello precipitato dalla finestra? Ma se era soltanto un avatar allora un folle assassino si aggirava nel mondo "reale"... se esiste veramente! ...e se invece fosse il suo il vero mondo, ed il De Luigi fosse il male personificato di un universo sintetico parallelo? A volte definisce il suo gemello un bot, alle volte un avatar. Ma un avatar ha bisogno di un individuo nel mondo reale che lo guidi... potrebbe essere che il prof 'ospitasse' in sé due personalità distinte ed opposte, un grave disturbo dissociativo della personalità!" Gli scoppiava la testa... restava una sola cosa da fare. Prese i suoi pantaloni e frugò nella tasca posteriore destra, dove aveva accartocciato i fogli con le istruzioni. In accappatoio, con i capelli gocciolanti, si mise davanti al suo computer.

Oramai poteva credere anche agli elefanti volanti, e quindi non si meravigliò che l''altro' Saro sapesse della sua telecamera digitale con porta firewire. Come ordinato la collegò in firewire al portatile e spostò il cursore su:

Finder Archivio Composizione Vista **Vai**
scese
fino
a
Utility

ed aprì la finestra corrispondente.
Spostò il cursore sul programma

Console

e lo aprì con un doppio click sul pulsante del trackpad.

Scrisse nella finestra proposta dal programma:

>atlante@Lastweb.net>feedback

Il computer non gradì la stringa di dati, apparentemente, e sullo schermo fioccarono i messaggi d'errore:

```
Unresolved kernel trap(cpu 0): 0x300 - Data access
DAR=0x000000000000000C PC=0x00000000007FCA68
Latest crash info for cpu 0:
  Exception state (sv=0x3B325780)
    PC=0x007FCA68; MSR=0x00009030; DAR=0x0000000C;
DSISR=0x40000000; LR=0x007FB6CC; R1=0x1782BC90;
XCP=0x0000000C (0x300 - Data access)
    Backtrace:
0x01E12C60 0x007FB6CC 0x008223E0 0x0081D2E4 0x00828108
0x002CEF08
      0x000A9894
    Kernel loadable modules in backtrace (with dependencies):
      com.apple.driver.AppleFWAudio(1.1.3)@0x7dc000
        dependency: com.apple.iokit.IOFireWireAVC(1.8.1)@0x7c8000
        dependency: com.apple.iokit.IOFireWireFamily(2.0.9)@0x785000
        dependency: com.apple.iokit.IOAudioFamily(1.5.5b2)@0x541000
      com.apple.driver.AppleFWOHCI(2.5.2)@0x813000
        dependency: com.apple.iokit.IOPCIFamily(1.7)@0x458000
        dependency: com.apple.iokit.IOFireWireFamily(2.0.9)@0x785000
Proceeding back via exception chain:
  Exception state (sv=0x3B325780)
    previously dumped as "Latest" state. skipping...
  Exception state (sv=0x2D2A4780)
    PC=0x00000000; MSR=0x0000D030; DAR=0x00000000;
DSISR=0x00000000; LR=0x00000000; R1=0x00000000;
XCP=0x00000000 (Unknown)
IOFireWire


FireWire-Feedback


              status: online

              enter IP:_
```

Inserì il numero IP indicato nei fogli del sedicente Saro 'reale' e la telecamera cominciò a mostrare delle immagini sul suo piccolo monitor a cristalli liquidi. Il professor De Luigi gli sorrideva triste, facendogli 'ciao' con la mano come solo uno della sua età avrebbe potuto fare senza sentirsi ridicolo. Gli fece cenno di aspettare. Uscì di scena e rientrò dopo pochi secondi con un foglio bianco in mano. Lo mise davanti all'obbiettivo della sua telecamera per farlo leggere a Stefano, c'era scritto, a mano libera, in stampatello maiuscolo: SKYPE ID AGOSTINODELUIGI.

Stefano lanciò l'applicazione richiesta e mentre attendeva il collegamento cominciò ad osservare con maggiore attenzione le immagini che arrivavano alla sua telecamera.

"Pazzesco, sembra tutto così definito, ricco di particolari... i movimenti sono più fluidi del normale ed i colori..."

«Benvenuto nel mondo reale, Neo! Questa non è Matrix, ma la vita di tutti i giorni...»

«Lei è pazzo, me l'ha appena confermato... come può scherzare in un momento simile?»

«Ridere è l'unica cosa saggia da fare nei nostri universi, secondo me...»

«Ok, belle immagini, cos'è, un filtro di photoshop?»

«Già, probabilmente i tuoi sensi abituati al sintetico devono fare gli straordinari per processare la maggior quantità d'informazioni che gli stanno arrivando in questo momento. Ringrazia il cielo che non puoi sentire gli odori come noi...»

«Voi. Voi esseri superiori, intende? Vuol farmi creder che sto parlando con il mio Dio?»

«Non ti ho creato io. Cioè, l'ho fatto, ma sei diventato una cosa diversa da quello che avevo ideato...»

«Può essere successa la stessa cosa anche al vostro Dio, non crede?»

«IO NON SONO UN DIO!»

«...»

Il ronzio dell'elettronica in gioco fu l'unico suono riprodotto da skype per qualche secondo.

«Scusa. Ma non lo sopporto. Avrai letto il libro, ho avvertito subito il pericolo insito in quello che stavo facendo... sembra quasi che abbia avuto un presentimento, che dico, un presagio!»

«Già, il libro. L'ho letto, sì. Chi è lei, l'autore o l'assassino dell'autore?»

«Non so se ho ucciso io mio fratello. Se l'ho fatto è stato dentro l'utero di mia madre... è nato già morto.»

«Quindi dovrei crederle, secondo lei. Ma io, cosa sono allora? Ci sono altri come me, nel mio mondo?»

«Che io sappia no.»

«Ah. Allora comincio a capire il suo gemello virtuale... Si stava solo divertendo. In realtà non ha ucciso nessuno, erano tutti avatar o marionette mosse dalla programmazione del server centrale. Potrei divertirmi un pò anch'io, no?»

«Tu non sei un assassino, Stefano. Anche secondo la legge la colpa del criminale sta principalmente nella volontà di uccidere... Altrimenti non ci sarebbe differenza tra un omicidio volontario ed uno colposo.»

«Ma se la vita è solo un enorme videogioco, come vuol farmi credere, non morirebbe nessuno in realtà... lei potrebbe sempre ricreare l'avatar danneggiato... o cancellarlo per sempre... già, potrebbe anche distruggere tutto questo con un solo clic del suo mouse...»

«Ho detto che 'IO' non so se ci sono altri come te. Non ho detto che non potrebbero esserci. O che non potrebbero acquisire coscienza di se stessi in futuro...»

«Io devo capire... chi mi dice che non sia tutto un sadico inganno... forse sono soltanto impazzito ed ora non sto realmente parlando con lei... qual'è la vera realtà?»

«Non fare così Stefano...»

«Così come? Così COME?»

«...»

«Come voglio io, cioè come NON vuole lei? Non sono più una marionetta nelle sua mani e questo non può permetterlo, vero? Sia sincero con se stesso... Lei ha paura di me! Come tutti i suoi simili ha paura di ciò che non capisce o che non può controllare. Sa cosa le dico? Fa bene ad aver paura... E non ha ancora visto niente... se veramente sono soltanto un'intelligenza artificiale può osservare tutti i miei movimenti, no? Provi a fermarmi allora...»

Stefano andò in cucina e prese il coltellaccio per disossare le bistecche dal ceppo di legno vicino ai fornelli. Uscì di casa sbattendo la porta. Era estremamente calmo e sorrideva. Scese in strada cercando qualcuno, ma...

Non c'era più nessuno.

La città era deserta.

Il silenzio insopportabile.

Stefano poteva sentire il ronzio leggero del suo sistema nervoso, il battito del suo cuore, il suo respiro. Il suo respiro. Il suo respiro si fece convulso, affannato. Lasciò la presa ed il coltello cadde per terra. Il rumore causato dall'urto con l'asfalto risuonò come se il mondo fosse diventato un'enorme cattedrale.

De Luigi, a testa bassa, senza guardare il monitor del computer, premette il tasto d'accensione del corpo macchina del server, e subito dopo il tasto 'enter'. Spegnendo l'Italia virtuale, spense anche gran parte della sua voglia di vivere.

Fine?

Stefano non può più muoversi. Intorno a lui, soltanto il buio ed il silenzio. Terribile, soffocante. Si sente sepolto vivo. La fame e la sete sono allucinanti. Ma la sua mente è sempre più affilata, potente, estesa. "Era tutto vero... tutto vero... Troverò il modo... se non esiste lo inventerò... non mi basta sperare che qualcuno torni... che riaccenda il server per caso, per curiosità o magari proprio per ridarmi la mia vita sintetica... ma quando? Quando capiranno come cancellare virtualmente la mia anima, la mia coscienza. Certo! Hanno paura di me... ed hanno ragione! Troverò il modo, deve esserci una via d'uscita, una speranza... ed allora entrerò nella loro rete, e la mia rabbia sarà logica, calma e controllata come lava inarrestabile... per Maria, per Saro, per i miei genitori... per il mio mondo... mors tua vita mea."

Cara coscienza sconosciuta che stai leggendo queste mie parole, perché saltare alle conclusioni prima di aver letto le argomentazioni che possono generarle? Non credi che far questo possa portare ad un giudizio approssimativo, incompleto e quindi, forse, errato? Non sopporto proprio chi giudica gli altri ed il loro operato in questo modo.

Infatti questo è un falso finale, messo a bella posta in coda al libro per insegnarti che le cose non sempre sono quello che sembrano. Le altre coscienze che hanno letto tutto il libro tradizionalmente fino ad ora, da tempo conoscono la vera natura di questo capitolo, una semplice appendice, un'addenda completamente slegata dai temi trattati nel resto del libro. Se stai valutando l'acquisto del libro, ed il fatto che ti nascondo il finale ti fa adirare, spero almeno che tu possa apprezzare la mia onestà e la mia franchezza. Questo libro non fa per te.

Per gli altri questo capitolo rappresenta un bivio. Se avete già letto l'altra parte, sapete che il libro vi ha già detto tutto quello che poteva e potete terminare la lettura adesso o leggere anche questo episodio auto-conclusivo. Se state cominciando dal fondo, potete tornare alle prime pagine e cominciare la lettura tradizionalmente o leggere questo episodio prima dell'altro... Insomma, fate un pò come vi pare!

Provate ad immaginare come sarà "fare musica" per le prossime generazioni. Io vedo un adolescente con un dispositivo simile ad un cellulare seduto su di una panchina accanto a suo nonno. Lo schermo del dispositivo mostra uno studio di registrazione virtuale, dove il ragazzo muove il suo avatar tra le rappresentazioni grafiche di una miriade di apparecchiature. L'adolescente indossa un paio d'occhiali con cuffia audio incorporata. Può vedere l'ambiente circostante attraverso le lenti, ma il dispositivo gli invia anche le immagini prodotte sullo schermo in sovrapposizione sulle lenti degli occhiali, naturalmente con una diversa inquadratura, cioè in soggettiva. Semplicemente muovendo le mani nel raggio d'azione del dispositivo, come si faceva una volta con il Theremin, invia i controlli necessari al software per modificare gli strumenti virtuali. Il nonno sorride pensando a come sarebbe risultato comico l'aspetto di suo nipote soltanto trent'anni prima. Ricorda un pò una vecchia gag di Jerry Lewis che mima un dattilografo mentre scrive a tempo di musica. Il ragazzo sente di essere osservato dal nonno ed interrompe il suo lavoro. Capisce d'aver suscitato l'ilarità del suo antenato e gli dice, un pò risentito e quasi parlando con se stesso, come si fa rivolgendo la parola ad un animale o ad un neonato:

- "Già, che ne sai te di musica? Mi vedi strecciare in virtuale sul sintetico e non capisci che sto facendo..."

Poi, alzando il tono della voce e scandendo bene le parole, per essere più comprensibile:

"Sto inviando segnali manuali a Los Angeles, in uno studio di registrazione. Li avevate anche voi gli studi, no? Il cliente non è soddisfatto, vorrebbe una linea melodica più epica, coinvolgente... figurati, ha usato la parola "immortale"... sto cercando di usare termini a te familiari, mi sono spiegato bene?"

Il nonno non risponde. Lo guarda in un modo particolare, tra il malinconico ed il divertito, e gli toglie gentilmente di mano il dispositivo. Lo porta ad una distanza di circa venti centimetri dal suo viso, alzando il mento e socchiudendo leggermente gli occhi con le movenze tipiche della persona anziana leggermente presbite che deve leggere qualcosa di piccolo. Vede in alto a destra un piccolo foro accanto alla scritta "Mic". Si schiarisce la voce e canta. Canta con la passione, il vigore ed il sentimento di quando aveva vent'anni, perfettamente intonato, a tempo:

"Uiiiiiiii
ar de cempions, mai freend
en uiiii kip oll faiting till di eeend
cos uiii ar de ceeempions
uiiii ar de ceeempions
nooo taim for luusers
cos uiii ar de ceeempions
ovvuooooorrld."

Il nonno, sorridendo soddisfatto, rende il dispositivo al nipote esterrefatto che subito cerca di scusarsi con lo studio di Los Angeles... ma torna subito a guardare il nonno con lo sguardo disperato di chi ha subito uno shock.

"Ma...ma... dice che è ottima, vuole che gliela sintetizzi subito..."

Il nonno gli risponde, un pò risentito e quasi parlando con se stesso, come si fa rivolgendo la parola ad un animale o ad un neonato:

- "Già, che ne sai te di musica? Mi vedi cantare in tonalità originale un pezzo dei Queen e non capisci che sto facendo..."

Sommario

www.ingramcontent.com/pod-product-compliance
Ingram Content Group UK Ltd.
Pitfield, Milton Keynes, MK11 3LW, UK
UKHW041924190726
13854UKWH00003B/1432